Las obras de Roald Dahl no sólo ofrecen historias apasionantes...

Un 10% de los derechos de autor* de este libro se destina a financiar la labor de las organizaciones benéficas de Roald Dahl.

La Roald Dahl Foundation cuenta, por todo el Reino Unido, con enfermeros especializados en pediatría que atienden a niños con epilepsia, desórdenes sanguíneos y daño cerebral adquirido. La Fundación también proporciona ayuda económica a niños y jóvenes con problemas hematológicos, neurológicos y de alfabetización —cuestiones todas ellas cercanas a Roald Dahl a lo largo de su vida— por medio de donaciones destinadas a hospitales e instituciones benéficas del Reino Unido, así como a los propios niños y sus familias.

El Roald Dahl Museum and Story Centre tiene su sede en Great Missenden, localidad de Buckinghamshire cercana a Londres donde Roald Dahl residió y escribió muchas de sus obras. El museo, cuya intención es fomentar el amor por la lectura y la escritura, alberga el archivo único de cartas y manuscritos del autor. Además de dos galerías biográficas que ofrecen grandes dosis de diversión, el museo cuenta con un centro de relatos interactivo donde familias, profesores y alumnos pueden explorar el emocionante mundo de la creatividad literaria.

www.roalddahlfoundation.org

www.roalddahlmuseum.org

Roald Dahl Foundation (RDF)
es una organización benéfica registrada. Número 1004230.

Roald Dahl Museum and Story Centre (RDMSC)
es una organización benéfica registrada. Número 1085853.

Roald Dahl Charitable Trust, organización benéfica recientemente establecida, apoya la labor de RDF y RDMSC.

*Los derechos de autor donados son netos de comisiones.

APR 0 9 2012

ROALD DAHL

Charlie y la fábrica de chocolate

ilustraciones de
Quentin Blake

ALFAGUARA

Título original: *Charlie and the chocolate factory*

© Del texto: 1975, Roald Dahl
   http://www.roalddahl.com
© De las ilustraciones: 1995, Quentin Blake
© De la traducción: 1978, Verónica Head
© De esta edición: 2005, Santillana USA Publishing Company, Inc.
2023 NW 84th Avenue
Miami, FL 33122
www.santillanausa.com

Editora: Elena de Santiago
Dirección técnica: Víctor Benayas
Maquetación: Alfonso D. Sánchez
Coordinación de diseño: Beatriz Rodríguez

ISBN 10: 1-59820-059-3
ISBN 13: 978-1-59820-059-1
Published in the United States of America
Printed in Colombia by D'vinni S.A.

14 13 12 11   8 9 10 11 12 13

Para Theo

Disfruta estas otras obras de
ROALD DAHL
disponibles en ALFAGUARA:

MATILDA

CHARLIE Y EL GRAN ASCENSOR DE CRISTAL

JAMES Y EL MELOCOTÓN GIGANTE

DANNY EL CAMPEÓN DEL MUNDO

EL GRAN GIGANTE BONACHÓN

AGU TROT

EL DEDO MÁGICO

EL SUPERZORRO

LA JIRAFA, EL PELÍCANO Y EL MONO

LA MARAVILLOSA MEDICINA DE JORGE

LOS CRETINOS

LAS BRUJAS

Índice

Aquí viene Charlie 11
La fábrica del señor Willy Wonka 17
El señor Wonka y el príncipe indio 23
Los obreros secretos 27
Los Billetes Dorados 33
Los dos primeros afortunados 37
El cumpleaños de Charlie 43
Se encuentran otros dos Billetes Dorados 47
El abuelo Joe se arriesga 53
La familia empieza a pasar hambre 57
El milagro 63
Lo que decía el Billete Dorado 69
Llega el gran día 77
El señor Willy Wonka 81
El Recinto del Chocolate 87
Los Oompa-Loompas 93
Augustus Gloop se va por un tubo 97
Por el río de chocolate 107
La Sala de Invenciones. Caramelos Eternos
  y *Toffee* Capilar 115

La gran máquina de chicle 121
Adiós, Violet 125
Por el corredor 135
Caramelos cuadrados que se vuelven en redondo 141
Veruca en el Cuarto de las Nueces 145
El gran ascensor de cristal 155
La Sala del Chocolate de Televisión 163
Mike Tevé es enviado por televisión 169
Sólo queda Charlie 183
Los otros niños se van a sus casas 189
La fábrica de chocolate de Charlie 193

Los cinco niños
de esta historia son:

AUGUSTUS GLOOP
Un niño glotón

VERUCA SALT
Una niña mimada por sus padres

VIOLET BEAUREGARDE
Una niña que masca chicle todo el día

MIKE TEVÉ
Un niño que no hace más que ver la televisión

y

CHARLIE BUCKET
El héroe

Aquí viene Charlie

Estos dos señores tan viejos son el padre y la madre del señor Bucket. Se llaman abuelo Joe y abuela Josephine.

Y estos dos señores tan viejos son el padre y la madre de la señora Bucket. Se llaman abuelo George y abuela Georgina.

Éste es el señor Bucket. Ésta es la señora Bucket.

El señor y la señora Bucket tienen un hijo que se llama Charlie Bucket.

Éste es Charlie. ¿Cómo estás? Y tú, ¿cómo estás?

Charlie se alegra de conoceros.

Toda esta familia —las seis personas mayores (cuéntalas) y el pequeño Charlie Bucket— viven juntos en una casita de madera en las afueras de una gran ciudad.

La casa no era lo bastante grande para tanta gente, y la vida resultaba realmente incómoda para todos. En total, sólo había dos habitaciones y una sola cama. La cama estaba reservada a los cuatro abuelos, porque eran muy viejos y estaban cansados. Tan cansados que nunca salían de ella.

El abuelo Joe y la abuela Josephine de este lado, y el abuelo George y la abuela Georgina de este otro.

El señor y la señora Bucket y el pequeño Charlie Bucket dormían en la otra habitación, sobre colchones extendidos en el suelo.

En el verano esto se podía soportar, pero en el invierno, heladas corrientes de aire soplaban a la altura del suelo durante toda la noche y era horrible.

No había para ellos posibilidad alguna de comprar una casa mejor, o incluso de comprar otra cama. Eran demasiado pobres para eso.

El señor Bucket era el único en la familia que tenía un empleo. Trabajaba en una fábrica de pasta dentífrica, donde pasaba el día entero sentado en un banco ajustando los pequeños tapones de los tubos de pasta después de que éstos hubiesen sido llenados. Pero un taponador de tubos de pasta dentífrica nunca gana mucho dinero, y el pobre señor Bucket, por más que trabajase y por más velozmente que taponase los tubos, jamás conseguía ganar lo suficiente para comprar la mitad de las cosas que una familia tan numerosa necesitaba. Ni siquiera había bastante dinero para comprar comida adecuada para todos ellos. Las únicas comidas que podían permi-

tirse eran pan y margarina para el desayuno, patatas y repollo cocido para el almuerzo y sopa de repollo para la cena. Los domingos eran un poco mejor. Todos esperaban ilusionados que llegara el domingo, porque entonces, a pesar de que comían exactamente lo mismo, a todos les estaba permitido repetir.

Los Bucket, por supuesto, no se morían de hambre, pero todos ellos –los dos viejos abuelos, las dos viejas abuelas, el padre de Charlie, la madre de Charlie y especialmente el propio Charlie– pasaban el día, de la mañana a la noche, con una horrible sensación de vacío en el estómago.

Charlie era quien más la sentía. Y a pesar de que su padre y su madre a menudo renunciaban a sus propias raciones de almuerzo o de cena para dárselas a él, ni siquiera esto era suficiente para un niño en edad de crecer. Charlie quería desesperadamente algo más alimenticio y satisfactorio que repollo y sopa de repollo. Lo que deseaba más que nada en el mundo era... CHOCOLATE.

Por las mañanas, al ir a la escuela, Charlie podía ver grandes filas de tabletas de chocolate en los escaparates de las tiendas, y solía detenerse para mirarlas, apretando la nariz contra el cristal, mientras la boca se le hacía agua. Muchas veces al día veía a los demás niños sacar cremosas chocolatinas de sus bolsillos y masticarlas ávidamente, y eso, por supuesto, era una auténtica tortura.

Sólo una vez al año, en su cumpleaños, lograba Charlie Bucket probar un trozo de chocolate. Toda la familia ahorraba su dinero para esta ocasión especial, y cuando

llegaba el gran día, Charlie recibía de regalo una chocolatina para comérsela él solo. Y cada vez que la recibía, en
aquellas maravillosas mañanas de cumpleaños, la coloca-
ba cuidadosamente dentro de una pequeña caja de
madera y la atesoraba como si fuese una barra de oro
puro; y durante los días siguientes sólo se permitía mi-
rarla, pero nunca tocarla. Por fin, cuando ya no podía so-
portarlo más, desprendía un trocito diminuto del papel
que la envolvía para descubrir un trocito diminuto de
chocolate, y daba un diminuto mordisco —justo lo suficiente para dejar que el maravilloso sabor azucarado se
extendiese lentamente por su lengua—. Al día siguiente
daba otro pequeño mordisco, y así sucesivamente. Y de
este modo, Charlie conseguía que la chocolatina de seis
peniques que le regalaban por su cumpleaños durase más
de un mes.

Pero aún no os he hablado de la única cosa horrible
que torturaba al pequeño Charlie, el amante del chocolate, más que cualquier otra. Esto era para él mucho, mucho peor que ver las tabletas de chocolate en los escaparates de las tiendas o contemplar cómo los demás
niños masticaban cremosas chocolatinas ante sus propios
ojos. Era la cosa más torturante que podáis imaginaros, y
era ésta:

¡En la propia ciudad, a la vista de la casa en la que vivía
Charlie, había una ENORME FÁBRICA DE CHOCOLATE!

¿Os lo imagináis?

Y tampoco era una enorme fábrica de chocolate
cualquiera. ¡Era la más grande y famosa del mundo entero!

Era la FÁBRICA WONKA, cuyo propietario era un señor llamado Willy Wonka, el mayor inventor y fabricante de chocolate que ha existido. ¡Y qué magnífico, qué maravilloso lugar era éste! Tenía inmensos portones de hierro que conducían a su interior, y lo rodeaba un altísimo muro, y sus chimeneas despedían humo, y desde sus profundidades podían oírse extraños sonidos sibilantes. ¡Y fuera de los muros, a lo largo de una media milla en derredor, en todas direcciones, el aire estaba perfumado con el denso y delicioso aroma de chocolate derretido!

Dos veces al día, al ir y venir de la escuela, el pequeño Charlie Bucket pasaba justamente por delante de las puertas de la fábrica. Y cada vez que lo hacía empezaba a caminar muy, muy lentamente, manteniendo la nariz elevada en el aire, y aspiraba largas y profundas bocanadas del maravilloso olor a chocolate que le rodeaba.

¡Ah, cómo le gustaba ese olor!

¡Y cómo deseaba poder entrar y ver la fábrica!

La fábrica del señor Willy Wonka

Por las noches, al terminar su aguada sopa de repollo, Charlie iba siempre a la habitación de los cuatro abuelos para escuchar sus cuentos, y luego, más tarde, para darles las buenas noches.

Cada uno de estos ancianos tenía más de noventa años. Estaban tan arrugados como ciruelas pasas y tan huesudos como esqueletos, y durante el día, hasta que Charlie hacía su aparición, yacían acurrucados en la única cama, dos en cada extremo, con gorros de dormir para conservar abrigadas sus cabezas, dormitando para pasar el tiempo, sin nada que hacer. Pero en cuanto oían abrirse la puerta y la voz de Charlie diciendo «Buenas noches, abuelo Joe y abuela Josephine, abuelo George y abuela Georgina», los cuatro se incorporaban rápidamente, y sus arrugadas caras se encendían con una sonrisa de placer, y la conversación empezaba. Adoraban al pequeño Charlie. Él era la única alegría de su vida, y sus visitas nocturnas eran algo que esperaban ilusionados durante todo el día. A menudo, la madre y el padre de Charlie acudían también a la habitación y se quedaban de pie junto a la puerta, escuchando las historias que contaban los

ancianos; y así, durante una media hora cada noche, esta habitación se convertía en un lugar feliz, y la familia entera conseguía olvidar que era pobre y pasaba mucha hambre.

Una noche, cuando Charlie entró a ver a sus abuelos, les dijo:

—¿Es verdad que la Fábrica de Chocolate de Wonka es la más grande del mundo?

—¿Que si es verdad? —gritaron los cuatro abuelos al unísono—. ¡Por supuesto que es verdad! Santo cielo, ¿es que no lo sabías? ¡Es cincuenta veces más grande que cualquier otra!

—¿Y es verdad que el señor Willy Wonka es el fabricante de chocolate más inteligente del mundo?

—Mi querido muchacho —dijo el abuelo Joe, incorporándose un poco más sobre su almohada—, ¡el señor Willy Wonka es el fabricante de chocolate más asombroso, más fantástico, más extraordinario que el mundo ha conocido! ¡Creí que todos lo sabían!

—Yo sabía que era famoso, abuelo Joe, y sabía que era muy inteligente...

—¡Inteligente! —gritó el anciano—. ¡Es más que eso! ¡Es un mago del chocolate! ¡Puede hacer cualquier cosa, todo lo que quiera! ¿No es verdad, queridos?

Los otros tres ancianos movieron afirmativamente la cabeza y dijeron:

—Absolutamente verdad. No puede serlo más.

Y el abuelo Joe continuó:

—¿Quieres decir que nunca te he hablado del señor Willy Wonka y de su fábrica?

—Nunca —respondió el pequeño Charlie.

—¡Santísimo Cielo! ¡No sé qué me ocurre!

—¿Me lo contarás ahora, abuelo Joe, por favor?

—Claro que sí. Siéntate en la cama junto a mí, querido niño, y escucha con atención.

El abuelo Joe era el más anciano de los cuatro abuelos. Tenía noventa y seis años y medio, y ésa es una edad

bastante respetable para cualquiera. Era débil y delicado como toda la gente muy anciana y apenas hablaba a lo largo del día. Pero por las noches, cuando Charlie, su adorado nieto, estaba en la habitación parecía, de una forma misteriosa, volverse joven otra vez. Todo su cansancio desaparecía y se ponía ansioso y exaltado como un niño.

—¡Qué hombre es este señor Willy Wonka! —gritó el abuelo Joe—. ¿Sabías, por ejemplo, que él mismo ha inventado más de doscientas nuevas clases de chocolatinas, cada una de ellas con un relleno diferente, cada una mucho más dulce, suave y deliciosa que cualquiera de las que puedan producir las demás fábricas de chocolate?

—¡Es la pura verdad! —gritó la abuela Josephine—. ¡Y las envía a todos los países del mundo! ¿No es así, abuelo Joe?

—Así es, querida mía, así es. Y también a todos los reyes y a todos los presidentes del mundo. Pero no sólo fabrica chocolatinas. ¡Ya lo creo que no! ¡El señor Willy Wonka tiene en su haber algunas invenciones realmente fantásticas! ¿Sabías que ha inventado un método para fabricar helado de chocolate de modo que éste se mantenga frío durante horas y horas sin necesidad de meterlo en la nevera? ¡Hasta puedes dejarlo al sol toda una mañana en un día caluroso y nunca se derretirá!

—¡Pero eso es imposible! —dijo el pequeño Charlie, mirando asombrado a su abuelo.

—¡Claro que es imposible! —exclamó el abuelo Joe—. ¡Es completamente absurdo! ¡Pero el señor Willy Wonka lo ha conseguido!

–¡Exacto! –asintieron los demás, moviendo afirmativamente la cabeza–. El señor Wonka lo ha conseguido.

–Y además –continuó el abuelo Joe, hablando ahora muy despacio para que Charlie no se perdiese una sola palabra–, el señor Willy Wonka puede hacer caramelos que saben a violetas, y caramelos que cambian de color cada diez segundos a medida que se van chupando, y pequeños dulces ligeros como una pluma que se derriten deliciosamente en el momento en que te los pones entre los labios. Puede hacer chicle que no pierde nunca su sabor, y globos de caramelo que puedes hinchar hasta hacerlos enormes antes de reventarlos con un alfiler y comértelos. Y, con una receta más secreta aún, puede confeccionar hermosos huevos con manchas negras, y cuando te pones uno de ellos en la boca, éste se hace cada vez más pequeño hasta que de pronto no queda nada de él, excepto un minúsculo pajarillo de azúcar posado en la punta de tu lengua.

El abuelo Joe hizo una pausa y se relamió lentamente los labios.

–Se me hace la boca agua sólo de pensar en ello –dijo.

–A mí también –respondió el pequeño Charlie–. Pero sigue, por favor.

Mientras hablaban, el señor y la señora Bucket, el padre y la madre de Charlie, habían entrado silenciosamente en la habitación, y ahora estaban de pie junto a la puerta, escuchando.

–Cuéntale a Charlie la historia de aquel loco príncipe indio –pidió la abuela Josephine–. Le gustará oírla.

—¿Te refieres al príncipe Pondicherry? —preguntó el abuelo Joe, y se echó a reír.

—¡Completamente loco! —dijo el abuelo George.

—Pero muy rico —añadió la abuela Georgina.

—¿Qué hizo? —preguntó Charlie ansiosamente.

—Escucha —dijo el abuelo Joe— y te lo contaré.

El señor Wonka
y el príncipe indio

—El príncipe Pondicherry le escribió una carta al señor Willy Wonka —contó el abuelo Joe— y le pidió que fuese a la India y le construyese un palacio colosal hecho enteramente de chocolate.

—¿Y el señor Wonka lo hizo, abuelo?

—Ya lo creo que sí. ¡Y vaya un palacio! Tenía cien habitaciones, y todo estaba hecho de chocolate amargo o de chocolate con leche. Los ladrillos eran de chocolate, y el cemento que los unía también, y las ventanas eran de chocolate, y todas las paredes y los techos estaban hechos de chocolate, y también las alfombras y los cuadros y los muebles y las camas; y cuando abrías los grifos, de ellos salía chocolate caliente. Cuando el palacio estuvo terminado, el señor Wonka le dijo al príncipe Pondicherry: «Le advierto que no le durará mucho tiempo, de modo que será mejor que empiece a comérselo ahora mismo». «¡Tonterías!», gritó el príncipe, «¡no voy a comerme mi palacio! ¡Ni siquiera pienso mordisquear las escaleras o lamer las paredes! ¡Voy a vivir en él!». Pero, por supuesto, el señor Wonka tenía razón, porque poco tiempo después hizo un

día muy caluroso con un sol abrasador, y el palacio entero empezó a derretirse, y luego se fue derrumbando lentamente, y el pobre príncipe, que en aquel momento estaba durmiendo la siesta en el salón, se despertó para encontrarse nadando en un enorme lago marrón de pegajoso chocolate.

El pequeño Charlie estaba sentado inmóvil al borde de la cama, mirando fijamente a su abuelo. Su cara estaba iluminada, y sus ojos tan abiertos que era posible ver enteramente sus pupilas.

—¿Esto es verdad? —preguntó—. ¿O me estás tomando el pelo?

—¡Es verdad! —exclamaron los cuatro ancianos al unísono—. ¡Claro que es verdad! ¡Pregúntaselo a quien quieras!

—Y te diré otra cosa que es verdad —dijo el abuelo Joe, inclinándose ahora para acercarse aún más a Charlie y bajando la voz hasta convertirla en un suave, secreto susurro—. ¡Nadie... sale... nunca!

—¿De dónde? —preguntó Charlie.

—¡Y... nadie... entra... nunca!

—¿Adónde? —Charlie estaba impaciente.

—¡A la fábrica de Wonka, por supuesto!

—Abuelo, ¿a qué te refieres?

—Me refiero a los obreros, Charlie.

—¿A los obreros?

—Todas las fábricas —dijo el abuelo Joe— tienen obreros que entran y salen por sus puertas por la mañana y por la noche, excepto la de Wonka. ¿Has visto tú alguna vez a una sola persona entrar en ese sitio o salir de él?

El pequeño Charlie miró lentamente las cuatro caras que le rodeaban, una después de otra, y todas ellas le miraron a su vez. Eran caras sonrientes y amistosas, pero al mismo tiempo eran caras muy serias. Ninguna de ellas parecía estar bromeando o burlándose de él.

—¿Y bien? ¿La has visto? —preguntó el abuelo Joe.

—Pues... la verdad es que no lo sé, abuelo —tartamudeó Charlie—. Cada vez que paso delante de la fábrica las puertas parecen estar cerradas.

—¡Exactamente! —exclamó el abuelo Joe.

—Pero tiene que haber gente trabajando allí...

—Gente no, Charlie. Al menos, no gente normal.

—Entonces, ¿quién? —gritó Charlie.

—Ajá... Ésa es la cosa, ¿comprendes? Ése es otro de los golpes de inteligencia del señor Willy Wonka.

—Charlie, querido —la señora Bucket estaba apoyada en la puerta—, es hora de irse a la cama. Ya basta por esta noche.

—Pero mamá, tengo que oír...

—Mañana, cariño...

—Eso es —dijo el abuelo Joe—. Te contaré el resto mañana por la noche.

Los obreros secretos

La noche siguiente el abuelo Joe siguió su historia:

—Verás, Charlie, no hace mucho tiempo había miles de personas trabajando en la fábrica del señor Willy Wonka. Pero de pronto, un día, él tuvo que pedirle a cada una de ellas que se fuese a su casa para no volver más.

—Pero ¿por qué? —preguntó Charlie.

—Por los espías.

—¿Espías?

—Sí. Verás. Los otros fabricantes de chocolate habían empezado a sentirse celosos de las maravillosas golosinas que preparaba el señor Wonka y se dedicaron a enviar espías para robarle sus recetas secretas. Los espías se emplearon en la fábrica de Wonka, fingiendo ser obreros ordinarios, y mientras estaban allí, cada uno de ellos descubrió cómo se fabricaba una cosa.

—¿Y volvieron luego a sus propias fábricas para divulgar el secreto?

—Deben de haberlo hecho —respondió el abuelo Joe—, puesto que al poco tiempo la fábrica de Fickelgruber em-

pezó a elaborar un helado que no se derretía nunca, aun bajo el sol más ardiente. Luego, la fábrica del señor Prodnose empezó a producir un chicle que jamás perdía su sabor por más que se masticase. Y más tarde, la fábrica del señor Slugworth comenzó a hacer globos de caramelo que se podían hinchar hasta hacerlos enormes, antes de pincharlos con un alfiler y comérselos. Y así sucesivamente. Y el señor Willy Wonka se mesó las barbas y gritó: «¡Esto es terrible! ¡Me arruinaré! ¡Hay espías por todas partes! ¡Tendré que cerrar la fábrica!».

—¡Pero no lo hizo! —dijo Charlie.

—Oh, ya lo creo que lo hizo. Les dijo a todos los obreros que lo sentía mucho, pero que tendrían que irse a casa. Entonces cerró las puertas principales y las aseguró con una cadena. Y de pronto, la inmensa fábrica de chocolate de Wonka se quedó desierta y silenciosa. Las chimeneas dejaron de echar humo, las máquinas dejaron de funcionar, y desde entonces no se fabricó una sola chocolatina ni un solo caramelo. Nadie volvió a entrar o a salir de la fábrica, e incluso el propio señor Willy Wonka desapareció.

Pasaron meses y meses –prosiguió el abuelo Joe–, pero la fábrica seguía cerrada. Y todo el mundo decía: «Pobre señor Wonka. Era tan simpático. Y hacía cosas tan maravillosas. Pero ya está acabado. No hay nada que hacer». Entonces ocurrió algo asombroso. ¡Un día, por la mañana temprano, delgadas columnas de humo blanco empezaron a salir de las altas chimeneas de la fábrica! La gente de la ciudad se detuvo a mirarlas. «¿Qué sucede?», gritaron. «¡Alguien ha encendido las calderas! ¡El señor Wonka debe de estar a punto de abrir otra vez!». Corrieron hacia las puertas, esperando verlas abiertas de par en par y al señor Wonka allí de pie para dar la bienvenida a todos sus obreros. ¡Pero no! Los grandes portones de hierro seguían cerrados y encadenados tan herméticamente como siempre, y al señor Wonka no se le veía por ningún sitio. «¡Pero la fábrica está funcionando!», gritó la gente. «¡Escuchad! ¡Se pueden oír las máquinas! ¡Han vuelto a ponerse en marcha! ¡Y se huele en el aire el aroma del chocolate derretido!».

El abuelo Joe se inclinó hacia delante, posó un largo dedo huesudo sobre la rodilla de Charlie y dijo quedamente:

–Pero lo más misterioso de todo, Charlie, eran las sombras en las ventanas de la fábrica. La gente que estaba fuera, de pie en la calle, podía ver pequeñas sombras oscuras moviéndose de uno a otro lado detrás de las ventanas de cristal esmerilado.

–¿Las sombras de quién? –se interesó Charlie rápidamente.

–Eso es exactamente lo que todo el mundo quería saber. «¡La fábrica está llena de obreros!», gritaba la gente.

«¡Pero nadie ha entrado! ¡Los portones están cerrados! ¡Es absurdo! ¡Y tampoco sale nadie!». Pero no se podía negar —dijo el abuelo Joe— que la fábrica estaba funcionando. Y ha seguido funcionando desde entonces durante estos últimos diez años. Y lo que es más, las chocolatinas y los caramelos que produce son cada vez más fantásticos y deliciosos. Y ahora, por supuesto, cuando el señor Wonka inventa un nuevo y maravilloso caramelo, ni el señor Fickelgruber ni el señor Prodnose ni el señor Slugworth ni nadie es capaz de copiarlo. Ningún espía puede entrar en la fábrica para descubrir cómo lo han hecho.

—Pero, abuelo, ¿a quién utiliza el señor Wonka para trabajar en su fábrica?

—Nadie lo sabe, Charlie.

—¡Pero eso es absurdo! ¿Es que nadie se lo ha preguntado al señor Wonka?

—Nadie lo ha visto desde entonces. Nunca sale de la fábrica. Lo único que sale de la fábrica son chocolatinas y caramelos. Salen por una puerta especial colocada en la pared, empaquetados y con su dirección escrita, y son recogidos todos los días por camiones de Correos.

—Pero, abuelo, ¿qué clase de gente es la que trabaja allí?

—Mi querido muchacho, ése es uno de los grandes misterios en el mundo de la fabricación de chocolate. Sólo sabemos una cosa sobre ellos. Son muy pequeños. Las débiles sombras que de vez en cuando aparecen detrás de las ventanas, especialmente tarde, por la noche, cuando las luces están encendidas, son las de personas diminutas, personas no más altas que mi rodilla...

—No hay gente así —afirmó Charlie.

En ese momento el señor Bucket, el padre de Charlie, entró en la habitación. Acababa de llegar de la fábrica de pasta dentífrica y agitaba excitadamente un periódico de la tarde.

—¿Habéis oído la noticia? —exclamó.

Elevó el periódico para que todos pudiesen leer los grandes titulares. Los titulares decían:

LA FÁBRICA WONKA SE ABRIRÁ POR FIN PARA UNOS POCOS AFORTUNADOS

Los Billetes Dorados

—¿ Quieres decir que se permitirá realmente entrar a la gente en la fábrica? —exclamó el abuelo Joe—. ¡Léenos lo que dice, deprisa!

—De acuerdo —dijo el señor Bucket—. Escuchad.

Boletín de la Tarde

El señor Willy Wonka, genio de la fabricación de golosinas, a quien nadie ha visto en los últimos diez años, publica hoy la siguiente noticia:

Yo, Willy Wonka, he decidido permitir que cinco niños —sólo cinco, y ni uno más— visiten mi fábrica este año. Estos cinco afortunados harán una visita guiada personalmente por mí, y se les permitirá conocer todos los secretos y la magia de mi fábrica. Luego, al finalizar la visita, como regalo especial, todos ellos recibirán chocolate y caramelos suficientes para durarles ¡toda la vida! Por tanto, ¡buscad los Billetes Dorados! Cinco

billetes han sido impresos en papel dorado, y estos cinco Billetes Dorados se han escondido en la envoltura de cinco chocolatinas normales. Estas cinco chocolatinas pueden estar en cualquier sitio —en cualquier tienda de cualquier calle de cualquier país del mundo— sobre cualquier mostrador donde se vendan las golosinas de Wonka. Y los cinco niños afortunados que encuentren estos cinco Billetes Dorados serán los únicos a quienes se les permita visitar mi fábrica y ver ¡cómo es ahora por dentro! ¡Buena suerte para todos, y que tengáis éxito en vuestra búsqueda!

Willy Wonka

—¡Este hombre está loco! —dijo la abuela Josephine.

—¡Es un genio! —gritó el abuelo Joe—. ¡Es un mago! ¡Imaginaos lo que ocurrirá ahora! ¡El mundo entero empezará a buscar esos Billetes Dorados! ¡Todos comprarán las chocolatinas de Wonka con la esperanza de encontrar uno! ¡Venderá más que nunca! ¡Qué estupendo sería encontrar uno!

—¡Y todo el chocolate y los caramelos que puedas comer durante el resto de tu vida gratis! —exclamó el abuelo George—. ¿Os lo imagináis?

—¡Tendrían que enviarlos en un camión! —supuso la abuela Georgina.

—Sólo de pensar en ello me pongo enferma —dijo la abuela Josephine.

—¡Pamplinas! —gritó el abuelo Joe—. ¿No sería maravilloso, Charlie, abrir una chocolatina y encontrar dentro un Billete Dorado?

—Sí que lo sería, abuelo. Pero no tenemos ninguna esperanza —respondió Charlie tristemente—. Yo sólo recibo una chocolatina al año.

—Nunca se sabe, cariño —le animó la abuela Georgina—. La semana que viene es tu cumpleaños. Tú tienes tantas posibilidades como cualquier otro.

—Me temo que eso no sea posible —dijo el abuelo George—. Los niños que encuentren los cinco Billetes Dorados serán aquellos que se puedan permitir comprar chocolatinas todos los días. Nuestro Charlie sólo obtiene una al año. No hay ninguna esperanza.

Los dos primeros afortunados

Al día siguiente se encontró el primer Billete Dorado. El afortunado fue un niño llamado Augustus Gloop, y el periódico vespertino del señor Bucket traía una gran fotografía suya en la primera página. La fotografía mostraba a un niño de nueve años, tan enormemente gordo que parecía haber sido hinchado con un poderoso inflador. Gruesos rollos de grasa emergían por todo su cuerpo, y su cara era como una monstruosa bola de masa, desde la cual dos pequeños ojos glotones que parecían dos pasas de Corinto miraban al mundo. La ciudad donde vivía Augustus Gloop, decía el periódico, se había vuelto loca de entusiasmo con su héroe. De todas las ventanas pendían banderas, los niños habían obtenido un día de fiesta y se estaba organizando un desfile en honor del muchacho.

—Sabía que Augustus encontraría uno de los Billetes Dorados —había dicho su madre a los periodistas—. Come tantas chocolatinas al día que era casi imposible que no lo encontrase. Su mayor afición es comer. Es lo único que le interesa. De todos modos, eso es mejor que ser un bandido y pasar el tiempo disparando pistolas de aire com-

primido, ¿no les parece? Y lo que yo siempre digo es que no comería como come a menos que necesitase alimentarse, ¿verdad? De todas maneras, son vitaminas. ¡Qué emocionante será para él visitar la maravillosa fábrica del señor Wonka! ¡No podemos sentirnos más orgullosos!

—¡Qué mujer más desagradable! —comentó la abuela Josephine.

—Y qué niño más repulsivo —siguió la abuela Georgina.

—Sólo quedan cuatro Billetes Dorados —dijo el abuelo George—. Me pregunto quién los encontrará.

Y ahora el país entero, el mundo entero en realidad, parecía de pronto haberse entregado a una frenética orgía de comprar chocolatinas, todos buscando desesperadamente aquellos valiosos billetes restantes. Mujeres adultas eran sorprendidas entrando en las tiendas de golosinas y comprando diez chocolatinas de Wonka a la vez, y luego

desgarrando el papel del envoltorio para mirar ansiosamente en su interior, con la esperanza de encontrar allí el brillo del papel dorado. Los niños cogían martillos y abrían en dos sus huchas para correr a las tiendas con las manos llenas de dinero. En una ciudad, un famoso criminal robó cinco mil dólares de un banco y se los gastó todos en chocolatinas aquella misma tarde. Y cuando la policía entró en su casa para arrestarle, le encontró sentado en el suelo en medio de montañas de chocolatinas, abriendo los envoltorios con la hoja de una larga daga. En la lejana Rusia, una mujer llamada Carlota Rusa dijo haber encontrado el segundo billete, pero éste resultó ser una experta falsificación. En Inglaterra, un famoso científico, el profesor Foulbody, inventó un aparato que podía averiguar en un momento, sin abrir el envoltorio de una chocolatina, si ésta contenía o no un Billete Dorado. El aparato tenía un brazo mecánico que se disparaba con una fuerza tremenda y se apoderaba de todo lo que tuviese dentro la más mínima cantidad de oro, y, por un momento, pareció que con esto se había hallado la solución. Pero desgraciadamente, mientras el profesor estaba enseñando al público su aparato en el mostrador de golosinas de unos famosos almacenes, el brazo mecánico salió disparado e intentó apoderarse del relleno de oro que tenía en una muela una duquesa que se encontraba por allí. Tuvo lugar una escena muy desagradable, y el aparato fue destrozado por la multitud.

De pronto, el día antes del cumpleaños de Charlie Bucket, los periódicos anunciaron que el segundo Billete

Dorado había sido encontrado. La afortunada era una niña llamada Veruca Salt, que vivía con sus acaudalados padres en una gran ciudad lejana. Una vez más, el periódico vespertino del señor Bucket traía una gran fotografía de la feliz descubridora. Estaba sentada entre sus radiantes padres en el salón de su casa, agitando el Billete Dorado por encima de su cabeza y sonriendo de oreja a oreja.

El padre de Veruca, el señor Salt, había explicado a los periodistas con todo detalle cómo se había encontrado el billete.

—Veréis, muchachos —había dicho—, en cuanto mi pequeña me dijo que tenía que obtener uno de esos Billetes Dorados, me fui al centro de la ciudad y empecé a comprar todas las chocolatinas de Wonka que pude encontrar. Debo haber comprado miles de chocolatinas. ¡Cientos de miles! Luego hice que las cargaran en camiones y las transportaran a mi propia fábrica. Yo tengo un negocio de cacahuetes, ¿comprendéis?, y tengo unas cien mujeres que trabajan para mí allí en mi local, pelando cacahuetes para tostarlos y salarlos. Eso es lo que hacen todo el día esas mujeres, se sientan allí a pelar cacahuetes. De modo que les digo: «Está bien, chicas, de ahora en adelante podéis dejar de pelar cacahuetes y empezar a pelar estas ridículas chocolatinas». Y eso es lo que hicieron. Puse a todos los obreros de la fábrica a arrancar los envoltorios de esas chocolatinas a toda velocidad de la mañana a la noche. Pero pasaron tres días y no tuvimos suerte. ¡Oh, fue terrible! Mi pequeña Veruca se ponía cada día más nerviosa, y cuando volvía a casa me gritaba: «¿Dónde está mi Billete Dorado? ¡Quiero mi Billete Dorado!», y se tendía en el suelo durante horas enteras, chillando y dando patadas del modo más inquietante. Y bien, señores, a mí me desagradaba tanto ver que mi niña se sentía tan desgraciada, que me juré proseguir con la búsqueda hasta conseguir lo que ella quería. Y de pronto... en la tarde del cuarto día, una de mis obreras gritó: «¡Aquí está! ¡Un Billete Dorado!», y yo dije: «¡Dámelo, deprisa!», y ella me lo entregó, y yo lo llevé a casa corriendo y se lo di a mi adorada Veruca. Ahora la niña es toda sonrisas y una vez más tenemos un hogar feliz.

—Esto es aún peor que lo del niño gordo —comentó la abuela Josephine.

—Lo que esa niña necesita es una buena azotaina —dijo la abuela Georgina.

—No me parece que el padre de la niña haya jugado muy limpio, abuelo, ¿y a ti? —murmuró Charlie.

—La malcría —respondió el abuelo Joe—, y nada bueno se puede obtener malcriando así a un niño, Charlie, créeme.

—Ven a acostarte, cariño —dijo la madre de Charlie—. Mañana es tu cumpleaños, no lo olvides. Espero que te levantes temprano para abrir tu regalo.

—¡Una chocolatina de Wonka! —exclamó Charlie—. Es una chocolatina de Wonka, ¿verdad?

—Sí, mi amor —dijo su madre—. Claro que sí.

—Oh, ¿no sería estupendo que encontrase dentro el tercer Billete Dorado? —dijo Charlie.

—Tráela aquí cuando la recibas —pidió el abuelo Joe—. Así todos podremos ver cómo la abres.

El cumpleaños
de Charlie

—¡Feliz cumpleaños! —exclamaron los abuelos cuando Charlie entró en su habitación por la mañana.

Charlie sonrió nervioso y se sentó al borde de la cama. Sostenía su regalo, su único regalo, con cuidado entre las dos manos. DELICIA DE CHOCOLATE Y CARAMELO BATIDO DE WONKA, decía en el envoltorio.

Los cuatro ancianos, dos en cada extremo de la cama, se incorporaron sobre sus almohadas y fijaron sus ojos ansiosos en la chocolatina que Charlie llevaba en las manos.

El señor y la señora Bucket entraron en la habitación y se detuvieron a los pies de la cama, observando a Charlie.

La habitación se quedó en silencio. Todos esperaban ahora que Charlie abriese su regalo. Charlie miró la chocolatina. Pasó con suavidad las puntas de los dedos de uno a otro extremo de la golosina, acariciándola amorosamente, y el envoltorio de papel brillante crujió en el silencio de la habitación.

Entonces la señora Bucket le aconsejó:

—No debes desilusionarte demasiado, querido, si no encuentras lo que estás buscando debajo del envoltorio. No puedes esperar tener tanta suerte.

—Tu madre tiene razón —dijo el señor Bucket.

Charlie permaneció en silencio.

—Después de todo —intervino la abuela Josephine—, en el mundo entero sólo hay tres billetes que aún no se han encontrado.

—Lo que debes recordar —añadió la abuela Georgina— es que, pase lo que pase, siempre tendrás la chocolatina.

—¡Delicia de Chocolate y Caramelo Batido de Wonka! —exclamó el abuelo George—. ¡Es la mejor de todas! ¡Te encantará!

—Sí —murmuró Charlie—. Lo sé.

—Olvídate de esos Billetes Dorados y disfruta de la chocolatina —le aconsejó el abuelo Joe—. ¿Por qué no haces eso?

Todos sabían que era ridículo esperar que esta pobre y única chocolatina tuviese dentro el billete mágico, e intentaban tan amablemente como podían preparar a Charlie para su desencanto. Pero había otra cosa que los mayores también sabían, y era ésta: que por pequeña que fuese la posibilidad de tener suerte, la posibilidad estaba allí.

La posibilidad tenía que estar allí.

Esta chocolatina tenía tantas posibilidades como cualquier otra de contener el Billete Dorado.

Y por eso todos los abuelos y los padres estaban en realidad tan nerviosos y excitados como Charlie, a pesar de que fingían estar muy tranquilos.

—Será mejor que te decidas a abrirla o llegarás tarde a la escuela —dijo el abuelo Joe.

—Cuanto antes lo hagas, mejor —siguió el abuelo George.

—Ábrela, querido —pidió la abuela Georgina—. Ábrela, por favor. Me estás poniendo nerviosa.

Muy lentamente los dedos de Charlie empezaron a rasgar una esquina del papel del envoltorio.

Los ancianos se incorporaron en la cama, estirando sus delgados cuellos.

Entonces, de pronto, como si no pudiese soportar por más tiempo el suspense, Charlie desgarró el envoltorio por el medio... y sobre sus rodillas cayó... una chocolatina de cremoso color marrón claro.

Por ningún sitio se veían rastros de un Billete Dorado.

—¡Y bien, ya está! —dijo vivamente el abuelo Joe—. Es justo lo que nos imaginábamos.

Charlie levantó la vista. Cuatro amables rostros le miraban con atención desde la cama. Les sonrió, una pequeña sonrisa triste, y luego se encogió de hombros, recogió la chocolatina, se la ofreció a su madre y dijo:

—Toma, mamá, coge un trozo. La compartiremos. Quiero que todo el mundo la pruebe.

—¡Ni hablar! —dijo su madre.

Y los demás exclamaron:

—¡No, no! ¡Ni soñarlo! ¡Es toda tuya!

—Por favor —imploró Charlie, volviéndose y ofreciéndosela al abuelo Joe.

Pero ni él ni nadie quiso aceptar siquiera un pequeño mordisco.

—Es hora de irte a la escuela, cariño —dijo la señora Bucket, rodeando con su brazo los delgados hombros de Charlie—. Date prisa o llegarás tarde.

Se encuentran otros dos Billetes Dorados

Aquella tarde el periódico anunciaba el descubrimiento no sólo del tercer Billete Dorado, sino también del cuarto. DOS BILLETES DORADOS ENCONTRADOS HOY, gritaban los titulares. YA SÓLO FALTA UNO.

—Está bien —dijo el abuelo Joe, cuando toda la familia estuvo reunida en la habitación de los ancianos después de la cena—, oigamos quién los ha encontrado.

—«El tercer billete —leyó el señor Bucket, manteniendo el periódico cerca de su cara porque sus ojos eran débiles y no tenía dinero para comprarse unas gafas—, el tercer billete lo ha encontrado la señorita Violet Beauregarde. Reinaba un gran entusiasmo en la casa de la señorita Beauregarde cuando nuestro periodista llegó para entrevistar a la afortunada joven; las cámaras fotográficas estaban en plena actividad, estallaban los fogonazos de los flashes y la gente se empujaba y daba codazos, intentando acercarse un poco más a la famosa muchacha, que estaba de pie sobre una silla en el salón, agitando frenéticamente el Billete Dorado a la altura de su cabeza como si estuviese llamando a un taxi. Hablaba muy deprisa y en voz muy alta con todos,

pero no era fácil oír lo que decía porque al mismo tiempo mascaba furiosamente un trozo de chicle. "Normalmente, yo suelo mascar chicle", gritaba, "pero cuando me enteré de este asunto de los billetes del señor Wonka dejé a un lado el chicle y empecé a comprar chocolatinas con la esperanza de tener suerte. Ahora, por supuesto, he vuelto al chicle. Adoro el chicle. No puedo estar sin él. Lo mastico todo el tiempo salvo unos pocos minutos a la hora de las comidas, cuando me lo quito de la boca y me lo pego detrás de la oreja para conservarlo. Si quieren que les diga la verdad, simplemente no me sentiría cómoda si no tuviese ese trocito de chicle para mascar durante todo el día. Es cierto. Mi madre dice que eso no es femenino y que no hace buena impresión ver las mandíbulas de una chica subiendo y bajando todo el tiempo como las mías, pero yo no estoy de acuerdo. Y además, ¿quién es ella para criticarme? Porque si quieren mi opinión, yo diría que sus mandíbulas suben y bajan casi tanto como las mías cuando me grita a todas horas". "Vamos, Violeta", la llamó la señora Beauregarde desde un rincón del salón, donde se había subido encima del piano para evitar que la arrollase la multitud. "¡Está bien, mamá, no te pongas nerviosa!", gritó la señorita Beauregarde. "Y ahora", prosiguió, volviéndose otra vez a los periodistas, "puede que les interese saber que este trozo de chicle que tengo en la boca lo llevo masticando desde hace más de tres meses. Eso es un récord. He batido el récord alcanzado por mi mejor amiga, la señorita Cornelia Prinzmetel. ¡Vaya si se enfadó! Ahora este trozo de chicle es mi más preciado tesoro. Por las noches lo pego a uno de los barrotes de mi cama, y por las mañanas sigue tan bueno como siempre, quizá un poco duro al principio, pero en cuanto lo mastico dos o tres veces se ablanda enseguida. Antes de empezar a masticar para batir el récord mundial solía cambiar mi chicle una vez al día. Lo hacía en el ascensor cuando volvía de la escuela. ¿Por qué en el ascensor? Porque me gustaba pegar el trozo de chicle que me quitaba de la boca en uno de los botones del ascensor. Entonces la persona que viniese después de mí y apretase el botón, se quedaba con mi trozo de chicle pegado al dedo. ¡Ja, ja! ¡Y vaya escándalo que armaban algunos! Los mejores resultados se obtienen con mujeres que llevan un par de guantes muy caros. Oh, sí, estoy contentísima de ir a la fábrica del señor Wonka. Y tengo entendido que después va a darme chicles suficientes para el resto de mi vida. ¡Bravo! ¡Hurra!"».

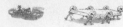 

—Una niña odiosa —dijo la abuela Josephine.

—¡Despreciable! —añadió la abuela Georgina—. Un día tendrá un pegajoso final, mascando tanto chicle. Ya lo verás.

—¿Y quién encontró el cuarto Billete Dorado, papá? —preguntó Charlie.

—Déjame ver —dijo el señor Bucket, escrutando el periódico—. Ah, sí, aquí está. El cuarto Billete Dorado —leyó— lo encontró un niño llamado Mike Tevé.

—Apuesto que es otro mal bicho —masculló la abuela Josephine.

—No interrumpas, abuela —dijo la señora Bucket.

—«El hogar de los Tevé —dijo el señor Bucket prosiguiendo con su lectura— estaba abarrotado, como todos los demás, de entusiasmados visitantes cuando llegó nuestro reportero, pero el joven Mike Tevé, el afortunado ganador, parecía terriblemente disgustado con todo el asunto. "¿No ven que estoy viendo la televisión?", gruñó furioso. "¡Me gustaría que no me interrumpiesen!". El niño de nueve años estaba sentado delante de un enorme aparato de televisión, con los ojos pegados a la pantalla, y miraba una película en la que un grupo de gángsters disparaba sobre otro grupo de gángsters con ametralladoras. El propio Mike Tevé tenía no menos de dieciocho pistolas de juguete de varios tamaños colgando de cinturones alrededor de su cuerpo, y de vez en cuando daba un salto en el aire y disparaba una media docena de descargas con una u otra de estas armas. "¡Silencio!", gritaba cuando alguien intentaba hacerle una pregunta. "¿No les he dicho que no me interrumpan? ¡Este programa es absolutamente magnífico! ¡Es estupendo! Lo veo todos los días. Veo todos los programas todos los días, incluso hasta los malos, en los que no hay disparos. Los que más me gustan son los de gángsters. ¡Esos gángsters son fantásticos! ¡Especialmente cuando empiezan a llenarse de plomo unos a otros, o a desenfundar las navajas, o a partirse los dientes con nudillos de acero! ¡Caray, lo que yo daría por poder hacer lo mismo! ¡Eso sí que es vida! ¡Es estupendo!"».

—¡Ya es suficiente! —estalló la abuela Josephine—. ¡No puedo soportar seguir oyéndolo!

—Ni yo —dijo la abuela Georgina—. ¿Es que todos los niños se portan ahora como estos mocosos que estamos oyendo?

—Claro que no —respondió el señor Bucket, sonriéndole a la anciana en la cama—. Algunos sí, por supuesto. En realidad bastantes lo hacen. Pero no todos.

—¡Y ahora sólo queda un billete! —dijo el abuelo George.

—Es verdad —y la abuela Georgina añadió—: ¡Y tan seguro como que mañana por la noche tomaré sopa de repollo para la cena, ese billete irá a manos de algún otro crío desagradable que no lo merezca!

El abuelo Joe
se arriesga

Al día siguiente, cuando Charlie volvió de la escuela y entró a ver a sus abuelos se encontró con que sólo el abuelo Joe estaba despierto. Los otros tres roncaban.

—¡Sshhh! —susurró el abuelo Joe, e indicó a Charlie que se acercase.

Charlie lo hizo de puntillas y se detuvo junto a la cama. El anciano le sonrió maliciosamente y luego empezó a buscar algo metiendo la mano debajo de la almohada; cuando su mano volvió a salir llevaba un antiguo monedero de cuero aferrado entre los dedos. Cubriéndose con las mantas, el anciano abrió el monedero y le dio la vuelta. De él cayó una moneda de plata de seis peniques.

—Es mi botón secreto —susurró—. Los demás no saben que lo tengo. Y ahora tú y yo vamos a hacer un último intento para encontrar el billete restante. ¿Qué te parece, eh? Pero tendrás que ayudarme.

—¿Estás seguro de que quieres gastarte tu dinero en eso, abuelo? —murmuró Charlie.

—¡Claro que estoy seguro! —exclamó nervioso el anciano—. ¡No te quedes ahí discutiendo! ¡Yo tengo tantas

ganas como tú de encontrar ese billete! Toma, coge el dinero, vete corriendo a la tienda más cercana, compra la primera chocolatina de Wonka que veas, tráela aquí y la abriremos juntos.

Charlie agarró la pequeña moneda de plata y salió rápidamente de la habitación. Al cabo de cinco minutos estaba de vuelta.

—¿Ya la tienes? —susurró el abuelo Joe, con los ojos brillantes.

Charlie hizo un gesto afirmativo con la cabeza y le enseñó la chocolatina. SORPRESA DE NUEZ WONKA, decía en el envoltorio.

—¡Bien! —murmuró el anciano, incorporándose en la cama y frotándose las manos—. Y ahora ven aquí, siéntate a mi lado y la abriremos juntos. ¿Estás preparado?

—Sí.

—De acuerdo. Ábrela tú.

—No —dijo Charlie—. Tú la has pagado. Hazlo tú todo.

Los dedos del anciano temblaban terriblemente mientras intentaba abrir la chocolatina.

—La verdad es que no tenemos ninguna esperanza —murmuró, con una risa nerviosa—. Sabes que no tenemos ninguna esperanza, ¿verdad?

—Sí, lo sé.

Los dos se miraron y empezaron a reír nerviosamente.

—Claro —dijo el abuelo Joe— que siempre existe una pequeñísima posibilidad de que pueda ser ésta, ¿no estás de acuerdo?

—Sí, por supuesto. ¿Por qué no la abres, abuelo?

—Todo a su tiempo, mi querido muchacho, todo a su tiempo. ¿Cuál de los dos extremos crees tú que debería abrir primero?

—Aquél. El que está más lejos de ti. Desprende un pedacito de papel, pero no lo bastante para que podamos ver nada aún.

—¿Así? —dijo el anciano.

—Sí. Y ahora un poquito más.

—Hazlo tú —dijo el abuelo Joe—. Yo estoy demasiado nervioso.

—No, abuelo. Debes hacerlo tú mismo.

—Está bien. Allá vamos —y rasgó el envoltorio.

Los dos miraron lo que había debajo.

Era una chocolatina, nada más.

Al mismo tiempo, los dos vieron el lado cómico de la situación y estallaron en sonoras carcajadas.

—¿Qué diablos ocurre? —exclamó la abuela Josephine, despertándose de repente.

—Nada —dijo el abuelo Joe—. Vuelve a dormirte.

La familia empieza
a pasar hambre

Las dos semanas siguientes hizo mucho frío. Primero llegó la nieve. Empezó a nevar de repente una mañana cuando Charlie se preparaba para ir a la escuela. De pie junto a la ventana vio los enormes copos descendiendo lentamente de un helado cielo color de acero.

Al llegar la noche había cuatro pies de nieve alrededor de la casita, y el señor Bucket tuvo que cavar un camino desde la puerta hasta la carretera.

Después de la nieve vino una helada ventisca que sopló sin cesar durante días enteros. ¡Qué frío hacía! Todo lo que Charlie tocaba parecía estar hecho de hielo, y cada vez que se aventuraba fuera de la puerta el viento era como un cuchillo sobre sus mejillas.

Dentro de la casa pequeñas corrientes de aire helado entraban a raudales por los resquicios de las ventanas y por debajo de las puertas, y no había sitio adonde ir para evitarlas. Los cuatro ancianos yacían silenciosos y acurrucados en su cama, intentando ahuyentar el frío de sus huesos. El entusiasmo provocado por los Billetes Dorados había sido olvidado hacía mucho tiempo. Nadie en la familia pensaba

en otra cosa que no fuera los vitales problemas de mantener el calor y conseguir lo suficiente para comer.

No sé qué ocurre en los días fríos que da un enorme apetito. La mayoría de nosotros nos sorprendemos deseando espesos guisos y tibios trozos de pastel de manzana y toda clase de deliciosos platos calientes; y teniendo en cuenta que somos mucho más afortunados de lo que pensamos, a menudo obtenemos lo que deseamos, o casi. Pero Charlie Bucket nunca obtenía lo que deseaba porque la familia no podía permitírselo, y a medida que el frío persistía, empezó a sentir un hambre voraz. Las dos chocolatinas, la que había recibido para su cumpleaños y la que había comprado el abuelo Joe, hacía mucho tiempo que se habían terminado, y todo lo que comía ahora eran esas escasas raciones de repollo tres veces al día.

Y de pronto esas raciones se volvieron aún más escasas.

La causa de esto fue que la fábrica de pasta dentífrica donde trabaja el señor Bucket quebró inesperadamente y tuvo que cerrar. Enseguida el señor Bucket intentó conseguir otro empleo. Pero no tuvo suerte. Finalmente, la única manera de conseguir reunir unos pocos peniques fue la de barrer la nieve de las calles. Pero esto no era suficiente para comprar ni siquiera la cuarta parte de la comida que necesitaban aquellas siete personas. La situación se hizo desesperada. El desayuno consistía ahora en una rebanada de pan para cada uno, y el almuerzo, con suerte, en media patata cocida.

Lenta, pero inexorablemente, los habitantes de la casita empezaron a morirse de hambre.

Y todos los días el pequeño Charlie Bucket, abriéndose paso entre la nieve camino de la escuela, debía pasar delante de la gigantesca fábrica de chocolate del señor Willy Wonka. Y cada día, a medida que se acercaba a ella, elevando su pequeña nariz respingona, olfateaba el maravilloso aroma del chocolate derretido. A veces se quedaba inmóvil junto a los portones durante varios minutos, aspirando profundas bocanadas de aire, como si estuviese intentando comerse el olor mismo.

—Ese niño —dijo el abuelo Joe, sacando la cabeza fuera de las mantas una helada mañana—, ese niño tiene que tener más comida. Nosotros no importamos. Somos demasiado viejos para preocuparnos de nada. ¡Pero un niño en edad de crecer no puede seguir así! ¡Ya casi parece un esqueleto!

—¿Qué podemos hacer? —murmuró tristemente la abuela Josephine—. Se niega a aceptar nuestras raciones. Su madre intentó poner en el plato de Charlie su propia rebanada de pan esta mañana durante el desayuno, pero él no quiso tocarla. Se la devolvió inmediatamente.

—Es un muchacho estupendo —dijo el abuelo George—. Merece algo mejor que esto.

El crudo invierno seguía y seguía.

Y cada día Charlie Bucket adelgazaba más y más. Su cara se volvió aterradoramente pálida y demacrada. La piel estaba tan estirada sobre sus mejillas que se adivinaban los huesos debajo de ella. Parecía poco probable que pudiese seguir así mucho más tiempo sin enfermar seriamente.

Y ahora, con esa curiosa sabiduría que tan a menudo parecen adquirir los niños en tiempos difíciles, empezó a hacer pequeños cambios aquí y allá en todo lo que hacía para conservar sus energías. Por la mañana salía de su casa diez minutos más temprano para poder caminar despacio hacia la escuela sin tener que correr nunca. Se quedaba tranquilamente sentado en la sala de clase durante los recreos, descansando, mientras los demás corrían fuera y lanzaban bolas de nieve y se revolcaban en ella. Todo lo que hacía ahora lo hacía con lentitud para evitar el agotamiento.

Una tarde, mientras volvía a su casa con el helado viento dándole en la cara —y sintiéndose más hambriento de lo que se había sentido nunca—, sus ojos se vieron atraídos por el brillo de un objeto plateado que había sobre la nieve junto a una alcantarilla. Charlie bajó de la acera y se inclinó para examinarlo. Parte del objeto estaba enterrado en la nieve, pero el niño vio de inmediato lo que era.

¡Era una moneda de cincuenta peniques!

Rápidamente miró a su alrededor.

¿La acabaría de perder alguien?

No, eso era imposible, puesto que parte de la moneda estaba enterrada.

Varias personas pasaban a su lado apresuradamente, las barbillas hundidas en los cuellos de sus abrigos, sus pasos crujiendo sobre la nieve. Ninguno de ellos parecía estar buscando dinero; ninguno de ellos prestaba la más mínima atención al niño agachado junto a la alcantarilla.

Entonces, ¿esta moneda de cincuenta peniques era suya? ¿Podía quedarse con ella?

Cuidadosamente, Charlie la extrajo de la nieve. Estaba húmeda y sucia, pero en perfectas condiciones.

¡Una moneda de cincuenta peniques para él solo!

La sostuvo fuertemente entre sus dedos temblorosos, mirándola. En aquel momento esa moneda sólo significaba una cosa para él. Significaba COMIDA.

Automáticamente, Charlie se volvió y empezó a buscar la tienda más cercana. Sólo quedaba a diez pasos..., era una tienda de periódicos y revistas, la clase de tienda que vende también golosinas y cigarrillos..., y lo que haría, se dijo

rápidamente... sería comprarse una sabrosísima chocolatina y comérsela toda, mordisco a mordisco, allí mismo y en
ese momento..., y el resto del dinero lo llevaría a su casa
y se lo entregaría a su madre.

El milagro

Charlie entró en la tienda y depositó la moneda de cincuenta peniques sobre el mostrador.

—Una Delicia de Chocolate y Caramelo Batido de Wonka —dijo, recordando cuánto le había gustado la que recibiera por su cumpleaños.

El hombre que estaba detrás del mostrador parecía robusto y bien alimentado. Tenía gruesos labios y redondas mejillas y un cuello muy gordo. La grasa de su papada rebosaba el cuello de su camisa como un anillo de goma. Se volvió y alargó el brazo para coger la chocolatina, luego se dio la vuelta otra vez y se la entregó a Charlie, que se la arrebató de las manos y rápidamente desgarró el envoltorio y le dio un enorme mordisco. Luego le dio otro... y otro... y, ¡qué alegría de poder llevarse a la boca grandes trozos de algo dulce y sólido! ¡Qué maravilloso placer poder llenarse la boca de exquisita y sustanciosa comida!

—Me parece a mí que necesitabas eso, hijo —dijo amablemente el tendero.

Charlie afirmó con la cabeza, la boca llena de chocolate.

El tendero puso el cambio sobre el mostrador.

—Calma —dijo—. Puede venirte un dolor de estómago si te lo comes así, sin masticar.

Charlie siguió devorando la chocolatina. No podía detenerse. Y en menos de medio minuto la golosina entera había desaparecido. Charlie estaba sin aliento, pero se sentía maravillosa, extraordinariamente feliz. Alargó una mano para coger el cambio. Entonces hizo una pausa. Sus ojos estaban justamente a ras del mostrador. Miraban fijamente las monedas de plata. Las monedas eran todas de cinco peniques. Había nueve en total. Ciertamente no importaría que se gastase una más...

—Creo —dijo en voz baja—, creo que... me comeré otra chocolatina. Igual que la anterior, por favor.

—¿Por qué no? —dijo el tendero, alargando el brazo y agarrando otra Delicia de Chocolate y Caramelo Batido del estante. La colocó sobre el mostrador.

Charlie la recogió y rasgó el envoltorio... Y de pronto... debajo del papel... vio un brillante destello de oro.

El corazón de Charlie se detuvo.

—¡Es un Billete Dorado! —gritó el tendero, saltando medio metro en el aire—. ¡Tienes un Billete Dorado! ¡Has encontrado el último Billete Dorado! Eh, ¿qué te parece? ¡Vengan todos a ver esto! ¡El chico ha encontrado el último Billete Dorado de Wonka! ¡Ahí está! ¡Lo tiene en la mano!

Parecía que al tendero le iba a dar un ataque.

—¡Y en mi tienda, además! —gritó—. ¡Lo encontró aquí mismo, en mi propia tienda! ¡Que alguien llame a los periódicos, deprisa, y se lo haga saber! ¡Ten cuidado, hijo! ¡No lo rompas al desenvolverlo! ¡Eso es un tesoro!

En pocos segundos, había un grupo de unas veinte personas apiñadas alrededor de Charlie, y muchas más se abrían camino a empujones para entrar en la tienda. Todo el mundo quería ver el Billete Dorado y a su afortunado descubridor.

—¿Dónde está? —gritó alguien—. ¡Levántalo, así todos podremos verlo!

—¡Allí está, allí! —gritó otro—. ¡Lo tiene en la mano! ¡Mirad cómo brilla el oro!

—Me gustaría saber cómo se las arregló para encontrarlo —gritó un niño, furioso—. ¡Yo llevo semanas enteras comprando veinte chocolatinas al día!

—¡Piensa en todas las golosinas que podrá comer gratis! —dijo otro niño, con envidia—. ¡Durante toda la vida!

—¡Ese pobre flacucho lo necesitará! —añadió una niña, riendo.

Charlie no se había movido. Ni siquiera había extraído el Billete Dorado que envolvía a la chocolatina. Estaba inmóvil, sosteniéndola apretadamente con ambas manos, mientras la multitud gritaba y se apretujaba a su alrededor. Se sentía mareado, invadido por una extraña sensación de ligereza, igual que si estuviese flotando en el aire como un globo. Sus pies no parecían tocar el suelo. Podía oír los fuertes latidos de su corazón en algún sitio cerca de su garganta.

En ese momento, se percató de que una mano se había posado livianamente sobre su hombro, y cuando levantó la vista, vio que había un hombre junto a él.

—Escucha —susurró éste—. Te lo compraré. Te daré cincuenta libras por él. ¿Eh? ¿Qué te parece? Y también te daré una nueva bicicleta. ¿De acuerdo?

—¿Está loco? —gritó una mujer que estaba cerca de ellos—. ¡Vaya, yo le daría doscientas libras por ese billete! ¿Quieres vender ese billete por doscientas libras, jovencito?

—¡Ya es suficiente! —gritó el gordo tendero, abriéndose paso entre la multitud y cogiendo a Charlie firmemente por un brazo—. Dejen en paz al muchacho, ¿quieren? ¡Abran paso! ¡Déjenle salir! —Y a Charlie, mientras le conducía a la puerta, le susurró—: ¡No dejes que *nadie* se lo quede! ¡Llévatelo a casa, deprisa, antes de que lo pierdas! Corre todo el camino y no te detengas hasta llegar allí, ¿has entendido?

Charlie asintió.

—¿Sabes una cosa? —dijo el tendero, haciendo una pausa y sonriendo a Charlie—. Tengo la sensación de que necesitabas un golpe de suerte como éste. Me alegro mucho de que lo hayas conseguido. Buena suerte, hijo.

—Gracias —dijo Charlie, y salió a la calle, echando a correr sobre la nieve lo más deprisa que sus piernas se lo permitían. Y cuando pasó frente a la fábrica del señor Willy Wonka, se volvió y agitó la mano y cantó—: ¡Ya nos veremos! ¡Nos veremos muy pronto! —y cinco minutos más tarde llegaba a su casa.

Lo que decía el Billete Dorado

Charlie entró corriendo por la puerta delantera, gritando:

—¡Mamá! ¡Mamá! ¡Mamá!

La señora Bucket estaba en la habitación de los abuelos, sirviéndoles la sopa de la cena.

—¡Mamá! —gritó Charlie, entrando como una tromba—. ¡Mira! ¡Lo tengo! ¡Mira, mamá, mira! ¡El último Billete Dorado! ¡Es mío! ¡Encontré una moneda en la calle y compré dos chocolatinas y la segunda tenía el Billete Dorado y había montones de gente a mi alrededor que querían verlo y el tendero me rescató y he venido corriendo a casa y aquí estoy! ¡ES EL QUINTO BILLETE DORADO, MAMÁ, Y YO LO HE ENCONTRADO!

La señora Bucket se quedó muda, mirándole, y los cuatro abuelos, que estaban sentados en la cama balanceando sendos cuencos de sopa sobre sus rodillas, dejaron caer de golpe sus cucharas y se quedaron inmóviles contra las almohadas.

Durante diez segundos aproximadamente reinó un absoluto silencio en la habitación. Nadie se atrevía a moverse o a hablar. Fue un momento mágico.

Entonces, con suavidad, el abuelo Joe dijo:

—Nos estás gastando una broma, Charlie, ¿verdad? ¿Te estás burlando de nosotros?

—¡No! —gritó Charlie, corriendo hacia la cama y enseñándole el hermoso Billete Dorado para que lo viese.

El abuelo Joe se inclinó hacia delante y lo miró con atención, tocando casi el billete con la nariz. Los otros le miraban, esperando el veredicto.

Entonces, muy despacio, mientras una lenta y maravillosa sonrisa se extendía por su cara, el abuelo Joe levantó la cabeza y miró directamente a Charlie. El color se le había subido a las mejillas y tenía los ojos muy abiertos, brillantes de alegría, y en el centro de cada ojo, en el mismísimo centro, en la negra pupila, danzaba una pequeña chispa de fogoso entusiasmo. Entonces el anciano tomó aliento y de pronto, sin previo aviso, una explosión pareció tener lugar en su interior. Arrojó sus brazos al aire y gritó:

—¡Yiiipiiiii!

Y al mismo tiempo, su largo cuerpo huesudo se alzó de la cama y su cuenco de sopa salió volando en dirección a la cara de la abuela Josephine, y en un fantástico brinco, este anciano señor de noventa y seis años y medio, que no había salido de la cama durante los últimos veinte años, saltó al suelo y empezó a bailar en pijama una danza de victoria.

—¡Yiiipiiii! —gritó—. ¡Tres vivas para Charlie! ¡Hurra!

En ese momento, la puerta se abrió y el señor Bucket entró en la habitación. Tenía frío y estaba cansado, y se le notaba. Llevaba todo el día limpiando la nieve de las calles.

—¡Caramba! —gritó—. ¿Qué sucede aquí?

No les llevó mucho tiempo contarle lo que había ocurrido.

—¡No puedo creerlo! —dijo el señor Bucket—. ¡No es posible!

—¡Enséñale el billete, Charlie! —gritó el abuelo Joe, que aún seguía bailando por la habitación como un derviche con su pijama a rayas—. ¡Enséñale a tu padre el quinto y último Billete Dorado del mundo!

—Déjame ver, Charlie —pidió el señor Bucket, desplomándose en una silla y extendiendo la mano. Charlie se acercó con el precioso documento.

Era muy hermoso este Billete Dorado; había sido hecho, o así lo parecía, con una hoja de oro puro trabajada hasta conseguir la finura del papel. En una de sus caras, impresa en letras negras con un curioso método, estaba la invitación del señor Wonka.

—Léela en voz alta —dijo el abuelo Joe, volviéndose a meter por fin en la cama—. Oigamos exactamente lo que dice.

El señor Bucket acercó a sus ojos el precioso Billete Dorado. Sus manos temblaban un poco, y parecía estar muy emocionado. Tomó aliento varias veces. Luego se aclaró la garganta y dijo:

—Muy bien, lo leeré. Allá va:

¡Cordiales saludos para ti, el afortunado descubridor de este Billete Dorado, de parte del señor Willy Wonka! ¡Estrecho efusivamente tu mano! ¡Te esperan cosas espléndidas! ¡Sorpresas maravillosas! De momento, te invito a venir a mi fábrica y a ser mi huésped durante un día entero —tú y todos los demás que tengan la suerte de encontrar mis Billetes Dorados—. Yo, Willy Wonka, te conduciré en persona por mi fábrica, enseñándote todo lo que haya que ver, y luego, cuando llegue la hora de partir, serás escoltado hasta tu casa por una procesión de grandes camiones. Puedo prometerte que estos camiones estarán cargados de deliciosos comestibles que os durarán a ti y a tu familia muchos años. Si, en algún momento, se te acabasen las provisiones, lo único que tienes que hacer es volver a mi fábrica y enseñar este Billete Dorado, y yo estaré encantado de volver a llenar tu despensa con todo lo que te apetezca. De este modo, podrás tener la despensa llena de sabrosas golosinas durante el resto de tu vida. Pero esto no es, de ningún modo, lo más emocionante que ocurrirá el día de tu visita. Estoy preparando otras sorpresas que serán aún más maravillosas y fantásticas para ti y para todos mis queridos poseedores de Billetes Dorados —sorpresas místicas y maravillosas que te extasiarán, te encantarán, te intrigarán, te asombrarán y te maravillarán más allá de lo imaginable—. ¡Ni siquiera en tus más fantásticos sueños podrías jamás imaginar que te ocurrirían tales cosas! ¡Espera y verás! Y ahora, aquí están tus instrucciones: el día que he seleccionado para la visita es el primer día del mes de febrero. En este día, y ningún otro, deberás presentarte a las puertas de la fábrica a las diez de la mañana. ¡No llegues tarde! Y puedes traer contigo a uno o a dos miembros de tu familia para que cuiden de ti y se aseguren de que no hagas ninguna travesura. Una cosa más, no olvides llevar contigo este billete, de lo contrario, no serás admitido.

Willy Wonka

—¡El primer día de febrero! —exclamó la señora Bucket—. ¡Pero eso es mañana! ¡Hoy es el último día de enero!

—¡Caramba! —intervino el señor Bucket—. Creo que tienes razón.

—¡Llegas justo a tiempo! —gritó el abuelo Joe—. No hay tiempo que perder. ¡Debes empezar a prepararte ahora mismo! ¡Lávate la cara, péinate, lávate las manos, cepíllate los dientes, suénate la nariz, córtate las uñas, límpiate los zapatos, plánchate la camisa, y, en nombre del Cielo, límpiate el barro de los pantalones! ¡Debes prepararte, muchacho! ¡Debes prepararte para el día más grande de tu vida!

—Bueno, no te exaltes demasiado abuelo —dijo la señora Bucket—. Y no pongas nervioso al pequeño Charlie. Todos debemos intentar mantener la calma. Y ahora, lo primero que tenemos que decidir es esto: ¿quién acompañará a Charlie a la fábrica?

—¡Yo lo haré! —gritó el abuelo Joe, saltando otra vez de la cama—. ¡Yo le llevaré! ¡Yo cuidaré de él! ¡Déjalo en mis manos!

La señora Bucket sonrió al anciano, y luego se volvió a su marido y dijo:

—¿Y tú, querido? ¿No crees que tú deberías ir?

—Bueno... —dijo el señor Bucket, haciendo una pausa para meditarlo—. No... No estoy tan seguro de ello.

—Pero debes hacerlo.

—No se trata de un deber, cariño —explicó el señor Bucket—. Claro que me encantaría ir. Será muy emocionante. Pero por otra parte... Creo que la persona que realmente

merece acompañar a Charlie es el abuelo Joe. Parece saber mucho más sobre el asunto que nosotros. Siempre, por supuesto, que se sienta lo bastante bien como para...

—¡Yiiipiii! —gritó el abuelo Joe, agarrando a Charlie de las manos y bailando con él por la habitación.

—Lo cierto es que parece sentirse muy bien —dijo riendo la señora Bucket—. Sí..., quizá tengas razón. Quizá el abuelo Joe sea la persona más indicada para acompañarle. Está claro que yo no puedo ir con él dejando a los otros tres abuelos solos en la cama durante todo el día.

—¡Aleluya! —gritó el abuelo Joe—. ¡Bendito sea el Señor!

En ese momento se oyeron fuertes golpes en la puerta de la calle. El señor Bucket fue a abrir y, en un segundo, oleadas de periodistas y fotógrafos invadieron la casa. Habían averiguado dónde vivía el descubridor del quinto Billete Dorado, y ahora todos querían obtener la historia completa para las primeras páginas de los periódicos matutinos. Durante varias horas reinó un total caos en la pequeña casita, y hasta casi medianoche la señora Bucket no pudo librarse de ellos para que Charlie se fuese a la cama.

Llega el gran día

El sol brillaba en la mañana del gran día, pero el suelo seguía blanco por la nieve y el aire era muy frío.

Junto a las puertas de la fábrica Wonka una gran multitud se había reunido para ver entrar a los cinco afortunados poseedores de los Billetes Dorados. La emoción era tremenda. Faltaban pocos minutos para las diez. La muchedumbre gritaba y se empujaba, y un grupo de policías intentaba mantenerla alejada de las puertas con los brazos unidos en cadena.

Al lado mismo de los portones, en un pequeño grupo celosamente protegido de la multitud por la policía, se hallaban los cinco famosos niños, junto con los mayores que habían venido a acompañarles.

La alta figura huesuda del abuelo Joe podía verse tranquilamente de pie entre los demás, y junto a él, fuertemente agarrado de su mano, se hallaba el pequeño Charlie Bucket.

Todos los niños, excepto Charlie, iban acompañados de su padre y de su madre, y esto era de agradecer, ya que de no haber sido así, el grupo entero podía haberse desmandado. Estaban tan ansiosos por empezar, que sus

padres se veían obligados a detenerlos por la fuerza para impedir que trepasen por las verjas.

—¡Tened paciencia! —gritaban los padres—. ¡Tranquilos! ¡Aún no es la hora! ¡Aún no son las diez!

Detrás de él, Charlie Bucket podía oír los gritos de la multitud, al tiempo que ésta luchaba y se empujaba por ver a los famosos niños.

—¡Allí está Violet Beauregarde! —oyó que alguien exclamaba—. ¡Es ella, claro que sí! ¡Recuerdo su cara de los periódicos!

—¿Y sabes una cosa? —gritó alguien en respuesta—. ¡Aún sigue masticando ese espantoso chicle con el que lleva tres meses! ¡Mira sus mandíbulas! ¡Todavía siguen trabajando!

—¿Quién es ese chico tan gordo?

—¡Es Augustus Gloop!

—¡Es cierto!

—Es enorme, ¿no crees?

—¡Increíble!

—¿Quién es el niño que lleva una foto del Llanero Solitario impreso en la chaqueta?

—¡Ése es Mike Tevé! ¡El fanático de la televisión!

—¡Debe de estar loco! ¡Mira todas esas ridículas pistolas que lleva colgando!

—¡A quien me gustaría ver es a Veruca Salt! —gritó otra voz en la multitud—. ¡Es la niña cuyo padre compró medio millón de chocolatinas y luego hizo que todos los obreros de su fábrica de cacahuetes las desenvolvieran una a una hasta encontrar el Billete Dorado! ¡Le da todo lo que quiere! ¡Absolutamente todo! ¡Lo único que tiene que hacer es empezar a gritar para conseguirlo!

—Qué horror, ¿verdad?

—¡Espantoso!

–¿Cuál crees que es?

–¡Aquélla! ¡La que está allí, a la izquierda! ¡La niña que lleva el visón plateado!

–¿Quién es Charlie Bucket?

–¿Charlie Bucket? Debe de ser ese niño delgaducho que está junto a ese viejo que parece un esqueleto. Muy cerca de nosotros. ¡Allí mismo! ¿Lo ves?

–¿Cómo no lleva un abrigo con el frío que hace?

–Ni idea. Quizá no tenga dinero para comprárselo.

–¡Caramba! ¡Debe de estar helado!

Charlie, que se hallaba sólo a unos pasos de quien hablaba, apretó la mano del abuelo Joe, y el anciano miró al niño y sonrió.

A lo lejos, el reloj de una iglesia empezó a dar las diez.

Muy lentamente, con un agudo chirrido de goznes oxidados, los grandes portones de hierro de la fábrica empezaron a abrirse.

La muchedumbre se quedó súbitamente en silencio. Los niños dejaron de saltar. Todos los ojos estaban fijos en los portones.

–¡Allí está! –gritó alguien–. ¡Es él!

¡Y así era!

El señor Willy Wonka

El señor Wonka estaba totalmente solo, de pie al otro lado de los portones de la fábrica.

¡Y qué hombrecillo tan extraordinario era!

Llevaba en la cabeza una chistera negra.

Llevaba un frac de hermoso terciopelo color ciruela.

Sus pantalones eran verde botella.

Sus guantes eran de color gris perla.

Y en una mano llevaba un fino bastón con mango de oro.

Una pequeña y cuidada barba puntiaguda le cubría el mentón. Y sus ojos, sus ojos eran maravillosamente brillantes. Parecían estar destellando todo el tiempo. Toda su cara, en realidad, resplandecía con una risueña alegría. ¡Y qué inteligente parecía! ¡Qué sagaz, agudo y lleno de vida! Hacía todo el tiempo pequeños movimientos rápidos con la cabeza, inclinándola a uno y otro lado, y observándolo todo con ojos brillantes. Era como una ardilla por la rapidez de sus movimientos, como una astuta ardillita del parque.

De pronto, improvisó un pequeño baile saltando sobre la nieve, abrió los brazos, sonrió a los cinco niños que se agrupaban junto a los portones y dijo en voz alta:

—¡Bienvenidos, amiguitos! ¡Bienvenidos a la fábrica!

Su voz era aguda y aflautada.

—Entrad de uno en uno, por favor —dijo—, y traed a vuestros padres. Luego enseñadme vuestros Billetes Dorados y decidme vuestros nombres. ¿Quién es el primero?

El niño gordo dio un paso adelante.

—Yo soy Augustus Gloop —dijo.

—¡Augustus! —exclamó el señor Wonka, estrechándole la mano con una fuerza terrible—. ¡Mi querido muchacho, cuánto me alegro de verte! ¡Encantado! ¡Es un placer! ¡Estoy contentísimo de tenerte con nosotros! ¿Y éstos son tus padres? ¡Qué bien! ¡Pasen! ¡Pasen! ¡Eso es! ¡Pasen por aquí!

Era evidente que el señor Wonka estaba tan nervioso como todos los demás.

—Mi nombre —dijo la niña siguiente— es Veruca Salt.

—¡Mi querida Veruca! ¿Cómo estás? ¡Es un gran placer! Tienes un nombre muy interesante, ¿verdad? Yo siempre creí que una *veruca* era una especie de grano que sale en los dedos de las manos. Pero debo de estar equivocado, ¿verdad? ¡Qué guapa estás con ese precioso abrigo de visón! ¡Me alegro tanto de que hayas podido venir! Dios mío, ¡va a ser un día tan emocionante! ¡Espero que lo disfrutes! ¡Estoy seguro de que así será! ¡Sé que lo disfrutarás! ¿Tu padre? ¿Cómo está usted, señor Salt? ¿Y la señora Salt? ¡Me alegro mucho de verles! ¡Sí, el billete está en regla! ¡Pasen, por favor!

Los dos niños siguientes, Violet Beauregarde y Mike Tevé, se adelantaron para que les examinara sus billetes y luego el enérgico señor Wonka les estrechó la mano con tanta fuerza que casi les arranca el brazo.

Y, por último, una vocecilla nerviosa murmuró:

—Charlie Bucket.

—¡Charlie! —gritó el señor Wonka—. ¡Vaya, vaya, vaya!
¡De modo que tú eres Charlie! Tú eres el que hasta ayer
no encontró su billete, ¿no es eso? Sí, sí. Lo he leído todo
en los periódicos de la mañana. ¡Justo a tiempo, mi querido muchacho! ¡Me alegro tanto! ¡Estoy tan contento por ti!
¿Y este señor? ¿Es tu abuelo? ¡Encantado de conocerle,
señor! ¡Maravilloso! ¡Fascinado! ¡Muy bien! ¡Excelente! ¡Han
entrado ya todos? ¿Cinco niños? ¡Sí! ¡Bien! Y ahora, ¿queréis
seguirme, por favor? ¡Nuestra gira está a punto de empezar!
¡Pero manteneos juntos! ¡No os separéis del grupo, por favor! ¡No me gustaría perder a ninguno de vosotros a esta
altura de los acontecimientos! ¡Oh, ya lo creo que no!

Charlie miró hacia atrás por encima de su hombro y
vio que los grandes portones de hierro se cerraban lentamente detrás de él. Fuera, la multitud seguía gritando y em-

pujándose. Charlie les dedicó una última mirada. Luego, cuando los portones se cerraron con un metálico estruendo, toda perspectiva del mundo exterior desapareció.

—¡Aquí estamos! —exclamó el señor Wonka, trotando a la cabeza del grupo—. ¡Por esta puerta roja, por favor! ¡Eso es! ¡Veréis que dentro hace una temperatura muy agradable! ¡Tengo que mantener caliente la fábrica por los obreros! ¡Mis obreros están acostumbrados a un clima muy cálido! ¡No pueden soportar el frío! ¡Morirían si salieran fuera con este tiempo! ¡Se quedarían congelados!

—Pero ¿quiénes son esos obreros? —preguntó Augustus Gloop.

—¡Todo a su tiempo, mi querido muchacho! —respondió el señor Wonka, sonriéndole a Augustus—. ¡Ten paciencia! ¡Lo verás todo a medida que vayamos avanzando! ¿Estáis todos dentro? ¡Bien! ¿Os importaría cerrar la puerta? ¡Gracias!

Charlie Bucket se encontró de pie ante un largo corredor que se extendía hasta donde alcanzaba la vista. Era tan ancho que fácilmente podía circular un automóvil. Las paredes eran de un color rosa pálido, y la iluminación resultaba suave y agradable.

—¡Qué bonito, y qué temperatura tan cálida! —susurró Charlie.

—Sí. ¡Y qué maravilloso aroma! —respondió el abuelo Joe, aspirando una profunda bocanada. Los más apetitosos olores del mundo parecían mezclarse en el aire que les rodeaba. El olor de café tostado y el de azúcar quemado y el de chocolate derretido y el de menta y el de violetas y el de puré de castañas y el de azahar y el de caramelo y el de corteza de limón...

Y a lo lejos, en el corazón de la inmensa fábrica, se oía un ahogado rugido de energía, como si una enorme y monstruosa máquina estuviese haciendo girar sus ruedas a toda velocidad.

—Y bien, éste, mis queridos niños —dijo el señor Wonka, elevando la voz por encima del ruido—, éste es el corredor principal. ¿Me hacéis el favor de colgar vuestros abrigos y sombreros en esas perchas que hay en la pared y seguirme? ¡Así me gusta! ¡Bien! ¡Todos preparados! ¡Vamos entonces! ¡Vamos allá! —echó a trotar rápidamente a lo largo del corredor con los faldones de su frac de terciopelo color ciruela flotando detrás, y todos los visitantes se apresuraron a seguirle.

Era un grupo bastante numeroso si uno se paraba a considerarlo. Eran nueve adultos y cinco niños, catorce en total. Podéis imaginaros la de apretujones y empujones que hubo cuando todos echaron a correr pasillo abajo intentando mantener la marcha de la veloz figurilla que les precedía.

—¡Vamos! —exclamó el señor Wonka—. ¡Daos prisa, por favor! ¡Jamás terminaremos en un solo día si os movéis con tanta lentitud!

Pronto salió del corredor principal para entrar en un pasaje ligeramente más estrecho.

Luego dobló a la izquierda.

Luego otra vez a la izquierda.

Luego a la derecha.

Luego a la izquierda.

Luego a la derecha.

Luego a la derecha.

Luego a la izquierda.

El sitio era como un gigantesco laberinto, con pasillos que llevaban aquí y allá en todas direcciones.

—No te sueltes de mi mano, Charlie —susurró el abuelo Joe.

—¡Fijaos cómo estos pasillos van cuesta abajo! —dijo el señor Wonka—. ¡Estamos yendo bajo tierra! ¡Los recintos más importantes de mi fábrica están bajo tierra!

—¿Por qué? —preguntó alguien.

—¡Porque no habría suficiente espacio para ellos allá arriba! —respondió el señor Wonka—. ¡Estos recintos que vamos a ver ahora son enormes! ¡Son más grandes que campos de fútbol! ¡Ningún edificio del mundo sería lo bastante grande para contenerlos! ¡Pero aquí, bajo tierra, tengo todo el espacio que necesito! No hay límite. Todo lo que tengo que hacer es excavar.

El señor Wonka dobló a la derecha.

Luego dobló a la izquierda.

Volvió a doblar a la derecha.

Ahora los pasillos iban hacia abajo en una pendiente cada vez más pronunciada.

De pronto, el señor Wonka se detuvo. Frente a él había una puerta de brillante metal. El grupo se agolpó a su alrededor. Sobre la puerta, en grandes letras, decía:

RECINTO DEL CHOCOLATE

El Recinto
del Chocolate

—¡Ésta es una estancia muy importante! —exclamó el señor Wonka, extrayendo un manojo de llaves de su bolsillo e introduciendo una de ellas en la cerradura de la puerta—. ¡Éste es el centro neurálgico de la fábrica entera, el corazón de todo el sistema! ¡Y es tan hermoso! ¡Yo insisto en que mis habitaciones sean hermosas! ¡No puedo soportar la fealdad en las fábricas! ¡Vamos adentro! ¡Pero tened cuidado, mis queridos niños! ¡No perdáis la cabeza! ¡No os emocionéis demasiado! ¡Mantened la calma!

El señor Wonka abrió la puerta. Cinco niños y nueve adultos se apresuraron a entrar, y ¡qué espectáculo más asombroso se presentó ante sus ojos! Lo que veían era un magnífico valle. Había verdes colinas a ambos lados, y en el fondo fluía un ancho río de color marrón.

Es más, había una enorme cascada en el río, un escarpado acantilado sobre el que el agua rodaba y ondulaba en una sólida capa, y luego se estrellaba en un hirviente, espumoso remolino de salpicaduras.

Debajo de la cascada —y éste era el espectáculo más maravilloso de todos— una masa de enormes tubos de vidrio

colgaba sobre el río desde algún sitio del techo, a gran altura. Eran realmente enormes estos tubos. Debía de haber al menos una docena, y lo que hacían era succionar el agua oscura y barrosa del río para llevársela a Dios sabe dónde. Y como estaban hechos de vidrio, podía verse fluir el líquido a borbotones en su interior, y por encima del ruido de la cascada podía oírse el interminable sonido de succión de los tubos a medida que hacían su trabajo.

Gráciles árboles y arbustos crecían a lo largo de las orillas del río, sauces llorones y alisos y altos rododendros llenos de capullos violetas y rosados. En las colinas crecían miles de botones de oro.

—¡Mirad! —exclamó el señor Wonka, bailando enérgicamente y señalando el río de color marrón con su bastón de puño dorado—. ¡Es todo de chocolate! Hasta la última gota de ese río es chocolate derretido caliente de la mejor calidad. De una calidad insuperable. ¡Hay allí chocolate suficiente para llenar todas las bañeras del país entero! ¡Y todas las piscinas también! ¿No es fantástico? ¡Mirad esos tubos! Succionan el chocolate y lo llevan a todas las demás dependencias de la fábrica, donde haga falta. ¡Miles de litros por hora, mis queridos niños! ¡Miles y miles de litros!

Los niños y sus padres estaban demasiado atónitos para responder. Estaban aturdidos, alucinados, admirados y maravillados. Estaban completamente desconcertados por el tamaño de todo aquello. Miraban todo con los ojos muy abiertos, sin hablar.

—¡La cascada es muy importante! —prosiguió el señor Wonka—. ¡Mezcla el chocolate! ¡Lo bate! ¡Lo tritura y lo

desmenuza! ¡Lo hace ligero y espumoso! ¡Ninguna otra fábrica del mundo mezcla su chocolate por medio de una cascada! ¡Pero es la única manera de hacerlo! ¡La única manera! ¿Y os gustan mis árboles? —preguntó, señalándolos con
su bastón—. ¿Y mis hermosos arbustos? ¿No os parece que
son muy bonitos? ¡Ya os dije que detestaba la fealdad! Y, por
supuesto, son todos comestibles. Todos ellos están hechos
de algo diferente y delicioso ¿Y os gustan mis colinas? ¿Os

gustan la hierba y los botones de oro? La hierba que pisáis, mis queridos niños, está hecha de una nueva clase de azúcar mentolado que acabo de inventar. ¡La llamo *mintilla!* ¡Probad una brizna! ¡Por favor! ¡Es deliciosa!

Automáticamente, todo el mundo se agachó y cogió una brizna de hierba; todos, excepto Augustus Gloop, que agarró un enorme puñado.

Y Violet Beauregarde, antes de probar su brizna de hierba, se quitó de la boca el chicle con el que había batido el récord mundial y se lo pegó cuidadosamente detrás de la oreja.

–¿No es maravilloso? –susurró Charlie–. ¿No es verdad que tiene un sabor delicioso, abuelo?

–¡Podría comerme el campo entero! –dijo el abuelo Joe, sonriendo de placer–. ¡Podría ponerme a cuatro patas como una vaca y comerme toda la hierba que hay en el campo!

–¡Probad un botón de oro! –les pidió el señor Wonka–. ¡Son aún mejores!

De pronto, el aire se llenó de gritos nerviosos que provenían de Veruca Salt. Ésta señalaba frenéticamente el otro lado del río.

–¡Mirad! ¡Mirad allí! –chilló–. ¿Qué es? ¡Se está moviendo! ¡Está caminando! ¡Es una personita! ¡Es un hombrecito! ¡Allí, debajo de la cascada!

Todos dejaron de comer botones de oro y miraron hacia el río.

–¡Tiene razón, abuelo! –gritó Charlie–. ¡Es un hombrecito! ¿Lo ves?

—¡Lo veo, Charlie! —dijo muy nervioso el abuelo Joe.
Y ahora todo el mundo empezó a gritar a la vez.
—¡Hay dos!
—¡Dios mío, es verdad!
—¡Hay más de dos! ¡Hay uno, dos, tres, cuatro, cinco!

—¿Qué están haciendo?
—¿De dónde salen?
—¿Quiénes son?
Niños y grandes corrieron a la orilla del río para verlos de cerca.
—¿No son fantásticos?
—¡No son más altos que mi rodilla!
—¡Su piel es casi negra!
—¡Es verdad!
—¿Sabes lo que creo, abuelo? —exclamó Charlie—. ¡Creo que el señor Wonka los ha hecho él mismo, de chocolate!

Los diminutos hombrecillos —no eran más grandes que muñecas de tamaño mediano— habían dejado lo que estaban haciendo y ahora contemplaban desde el otro lado del río a los visitantes. Uno de ellos señaló a los niños, susurró algo a los otros cuatro, y los cinco estallaron en sonoras carcajadas.

—¿Es verdad que están hechos de chocolate, señor Wonka? —preguntó Charlie.

—¿Chocolate? —gritó el señor Wonka—. ¡Qué tontería! ¡Son personas de verdad! ¡Son algunos de mis obreros!

—¡Eso es imposible! —dijo Mike Tevé—. ¡No hay gente en el mundo tan pequeña como ésa!

Los Oompa-Loompas

—¿Dices que no hay gente en el mundo tan pequeña? —se rió el señor Wonka—. Pues déjame decirte algo. ¡Hay más de tres mil aquí mismo, en mi fábrica!

—¡Deben de ser pigmeos! —dijo Charlie.

—¡Exacto! —exclamó el señor Wonka—. ¡Son pigmeos! ¡Importados directamente de África! ¡Pertenecen a una tribu de diminutos pigmeos conocidos como los Oompa-Loompas! Yo mismo los descubrí. Yo mismo los traje de África, la tribu entera, tres mil en total. Los encontré en la parte más intrincada y profunda de la jungla africana, donde el hombre blanco no ha estado jamás. Vivían en casas en los árboles. Tenían que vivir en los árboles; de otro modo, siendo tan pequeños, hubieran sido devorados por todos los animales de la selva. Y cuando los encontré estaban prácticamente muriéndose de hambre. Vivían de orugas verdes, y las orugas tenían un sabor repulsivo, y los Oompa-Loompas pasaban todas las horas del día trepando a los árboles, buscando otras cosas para mezclar con las orugas y darlas un mejor sabor: escarabajos rojos, por ejemplo, y hojas de eucalipto, y la corteza del árbol *bong-*

bong, todas ellas de un sabor repugnante, pero no tan repugnante como el de las orugas. ¡Pobres pequeños Oompa-Loompas! Lo que les gustaba más que ninguna otra cosa eran los granos de cacao. Pero no podían obtenerlos. Un Oompa-Loompa tenía suerte si encontraba tres o cuatro granos de cacao al año. Pero ¡cómo les gustaban! Soñaban toda la noche con los granos de cacao y hablaban de ellos durante todo el día. Con sólo mencionar la palabra «cacao» a un Oompa-Loompa se le hacía la boca agua. Los granos de cacao —continuó el señor Wonka— que crecen en el árbol del cacao, son los ingredientes que se necesitan para hacer chocolate. No se puede hacer chocolate sin los granos de cacao. Los granos de cacao son el chocolate. Yo mismo utilizo billones de granos de cacao a la semana en esta fábrica. Y entonces, mis queridos niños, cuando descubrí que los Oompa-Loompas enloquecían por esta comida en particular, trepé a lo alto de su aldea en los árboles y metí la cabeza por la puerta de la casa del jefe de la tribu. El pobre hombrecillo, de aspecto famélico, estaba allí sentado intentando comerse un cuenco de orugas aplastadas sin vomitar. «Escucha», le dije (hablando, por supuesto, en Oompa-Loompés), «escucha, si tú y toda tu gente venís conmigo a mi país y vivís en mi fábrica, podréis obtener todos los granos de cacao que queráis. ¡Tengo montañas de ellos en mis almacenes! ¡Podréis comer granos de cacao en todas las comidas! ¡Podréis empacharos con ellos! ¡Hasta os pagaré vuestros salarios en granos de cacao si queréis!». «¿Lo dices de verdad?», preguntó el jefe de los Oompa-Loompas, saltando de su silla. «Claro que lo digo de verdad», respondí. «Y también podréis comer chocolate. El chocolate tiene aún mejor sabor que los granos de cacao, porque lleva leche y azúcar». El hombrecillo dio un brinco de alegría y arrojó su cuenco de orugas aplastadas por la ventana de la casa en el árbol. «¡Trato hecho!», gritó. «¡Vamos! ¡Vámonos ya!». De modo que los traje a todos aquí, a todos los hombres, mujeres y niños de la tribu de los Oompa-Loompas. Fue fácil. Los traje metidos en grandes cajones donde había practicado algunos agujeros, y todos llegaron a salvo. Son estupendos trabajadores. Ahora todos ellos hablan español. Les encanta la música y el baile. Siempre están inventando canciones. Supongo que hoy les oiréis cantar a menudo. Debo preveniros, sin embargo, que son bastante traviesos. Les encantan las bromas. Aún siguen llevando la misma ropa que llevaban en la jungla. Insisten en ello. Los hombres, como podéis ver, sólo llevan pieles de ciervo. Las mujeres se cubren con hojas, y los niños van desnudos. Las mujeres se ponen hojas frescas todos los días...

—¡Papá! —gritó Veruca Salt (la niña que obtenía todo lo que quería)—. ¡Papá, quiero un Oompa-Loompa! ¡Quiero que me des un Oompa-Loompa! ¡Quiero un Oompa-Loompa ahora mismo! ¡Quiero llevármelo a casa conmigo! ¡Anda, papá! ¡Dame un Oompa-Loompa!

—Vamos, vamos, tesoro —le dijo su padre—. No debemos interrumpir al señor Wonka.

—¡Pero yo quiero un Oompa-Loompa! —chilló Veruca.

—Está bien, Veruca, está bien. Pero no puedo dártelo en este mismísimo momento. Ten paciencia, por favor. Me ocuparé de conseguirte uno antes de que acabe el día.

—¡Augustus! —gritó la señora Gloop—. Augustus, cariño, no creo que debas hacer eso.

Augustus Gloop, como habréis podido adivinar, se había deslizado silenciosamente hasta el borde del río, y ahora estaba arrodillado junto a la orilla bebiendo chocolate derretido lo más deprisa que podía.

Augustus Gloop
se va por un tubo

C uando el señor Wonka se volvió y vio lo que estaba haciendo Augustus, gritó:

—¡Oh, no! ¡Por favor, Augustus, por favor! ¡Te ruego que no hagas eso! ¡Mi chocolate no debe ser tocado por manos humanas!

—¡Augustus! —llamó la señora Gloop—. ¿No has oído lo que te ha dicho el señor? ¡Aléjate ahora mismo de ese río!

—¡Esto es estupendo! —dijo Augustus, sin hacer el menor caso de su madre ni del señor Wonka—. ¡Vaya! ¡Necesito un cubo para beberlo!

—Augustus —gritó el señor Wonka, dando pequeños saltos y agitando su bastón—, debes alejarte de allí. ¡Estás ensuciando mi chocolate!

—¡Augustus! —gritó la señora Gloop.

—¡Augustus! —gritó el señor Gloop.

Pero Augustus era sordo a todo menos a la llamada de su estómago. Estaba tumbado en el suelo con su cabeza sobre el río, lamiendo el chocolate como si fuese un perro.

—¡Augustus! —gritó la señora Gloop—. ¡Contagiarás ese resfriado que tienes a un millón de personas en todo el país!

—¡Ten cuidado, Augustus! —gritó el señor Gloop—. ¡Te estás inclinando demasiado!

El señor Gloop tenía razón. De pronto se oyó un grito, y luego el ruido de una salpicadura, y al río cayó Augustus Gloop, y en menos de un segundo había desaparecido bajo la oscura superficie.

—¡Salvadlo! —gritó la señora Gloop, poniéndose pálida y agitando su paraguas—. ¡Se ahogará! ¡No sabe nadar! ¡Salvadlo! ¡Salvadlo!

—¡En nombre del cielo, mujer! —dijo el señor Gloop—. ¡Yo no me meto allí! ¡Llevo puesto mi mejor traje!

La cara de Augustus Gloop volvió a salir a la superficie, marrón de chocolate.

—¡Socorro! ¡Socorro! ¡Socorro! —gritó—. ¡Sacadme de aquí!

—¡No te quedes ahí parado! —le gritó la señora Gloop al señor Gloop—. ¡Haz algo!

—¡Estoy haciendo algo! —dijo el señor Gloop, que ahora se estaba quitando la chaqueta y preparándose para zambullirse en el chocolate.

Pero mientras hacía esto, el desgraciado muchacho iba siendo succionado y estaba cada vez más cerca de la boca

de uno de los tubos que colgaban sobre el río. Entonces, de repente, la intensa succión se apoderó completamente de él, y el niño fue empujado debajo de la superficie y luego dentro de la boca del tubo.

El grupo esperó sin aliento en la orilla del río para ver por dónde iba a salir.

—¡Allá va! —gritó alguien, señalando hacia arriba.

Y efectivamente, como el tubo era de cristal se vio claramente cómo Augustus Gloop salía disparado hacia arriba dentro del tubo como un torpedo.

—¡Socorro! ¡Asesinato! ¡Policía! —chilló la señora Gloop—. ¡Augustus, vuelve aquí inmediatamente! ¿Dónde vas?

—No me explico —añadió el señor Gloop— cómo ese tubo es lo suficientemente ancho para permitirle el paso.

—¡No es lo suficientemente ancho! —dijo Charlie Bucket—. ¡Dios mío! ¡Mirad! ¡Se está frenando!

—¡Es verdad! —afirmó el abuelo Joe.

—¡Se quedará atascado! —anunció Charlie.

—¡Creo que sí! —dijo el abuelo Joe.

—¡Caramba, se ha quedado atascado! —anunció Charlie.

—¡Es por culpa de su estómago! —intervino el señor Gloop.

—¡Ha atascado el tubo entero! —se sorprendió el abuelo Joe.

—¡Al diablo con el tubo! —la señora Gloop seguía agitando su paraguas—. ¡Augustus, sal de ahí inmediatamente!

Los que miraban desde abajo podían ver cómo el chocolate burbujeaba en el tubo alrededor del niño, y también cómo se agolpaba detrás de él en una sólida masa,

presionando contra el taponamiento. La presión era terrible. Algo tenía que ceder. Algo cedió… y ese algo fue Augustus. Una vez más salió disparado hacia arriba como una bala en el cañón.

—¡Ha desaparecido! —gritó la señora Gloop—. ¿Adónde va ese tubo? ¡Deprisa! ¡Llamad a los bomberos!

—¡Mantenga la calma! —ordenó el señor Wonka—. Mantenga la calma, mi querida señora, mantenga la calma. ¡No hay peligro! ¡No hay peligro ninguno! Augustus va a hacer un pequeño viaje, eso es todo. Un viaje de lo más interesante. Pero saldrá de él en perfectas condiciones, ya lo verá.

—¿Cómo es posible que salga en perfectas condiciones? —exclamó la señora Gloop—. Le convertirán en bombones en cinco segundos.

—¡Imposible! —gritó el señor Wonka—. ¡Impensable! ¡Inconcebible! ¡Absurdo! ¡No pueden convertirle en bombones!

—¿Y por qué no, si se puede saber? —gritó la señora Gloop.

—¡Porque ese tubo no va a la sección de los bombones! —respondió el señor Wonka—. ¡Ni siquiera pasa por allí! Ese tubo, el tubo por el que Augustus ha salido despedido, conduce directamente a una sección donde se fabrica una deliciosa crema de fresas recubierta de chocolate…

—¡Entonces lo convertirán en crema de fresas recubierta de chocolate! —chilló la señora Gloop—. ¡Mi pobre Augustus! ¡Mañana por la mañana le venderán por kilos por todo el país!

—Tienes razón —dijo el señor Gloop.

—¡Ya lo sé! —contestó ella.

—No es como para hacer bromas —la reprendió el señor Gloop.

—¡El señor Wonka no parece compartir tu opinión! —gritó la señora Gloop—. ¡Mírale! ¡Se está riendo a carcajadas! ¿Cómo se atreve a reírse de ese modo cuando mi hijo acaba de ser aspirado por un tubo? ¡Es usted un monstruo! —chilló, amenazando al señor Wonka con su paraguas como si fuese a ensartarle en él—. A usted le parece una broma, ¿verdad? A usted le parece que succionar a mi hijo y llevárselo a su sección de crema de fresas recubierta de chocolate es una magnífica broma.

—No le ocurrirá nada —dijo el señor Wonka, riendo ligeramente.

—¡Lo convertirán en crema de fresas! —chilló la señora Gloop.

—¡Nunca!

—¡Claro que sí!

—¡Yo no lo permitiría!

—¿Y por qué no?

—¡Porque el sabor sería terrible! —explicó el señor Wonka—. ¡Imagínese! ¡Crema de Augustus recubierta de Gloop! Nadie la compraría.

—¡Claro que la comprarían! —gritó indignado el señor Gloop.

—¡No quiero ni pensarlo! —gritó la señora Gloop.

—Ni yo —dijo el señor Wonka—. Y le prometo, señora, que su hijo está perfectamente a salvo.

—Si está perfectamente a salvo, ¿dónde está entonces? —exclamó la señora Gloop—. ¡Quiero que me lleve con él inmediatamente!

El señor Wonka se volvió y chasqueó los dedos, *click, click, click,* tres veces. Al instante apareció un Oompa-Loompa como de la nada y se puso a su lado.

El Oompa-Loompa hizo una reverencia y sonrió, enseñando hermosos dientes blancos. Su piel era casi negra, y la parte superior de su lanuda cabeza llegaba a la altura de la rodilla del señor Wonka. Llevaba la acostumbrada piel de ciervo echada sobre uno de sus hombros.

—¡Escúchame bien! —ordenó el señor Wonka, mirando al diminuto hombrecillo—. Quiero que lleves al señor y la señora Gloop a la sección de crema de fresas y les ayudes a encontrar a su hijo Augustus. Acaba de irse por uno de los tubos.

El Oompa-Loompa dirigió una mirada a la señora Gloop y luego estalló en sonoras carcajadas.

—¡Oh, cállate! —dijo el señor Wonka—. ¡Contrólate un poco! ¡A la señora Gloop no le parece nada gracioso!

—¡Ya lo creo que no! —exclamó furiosa.

—Ve directamente a la sección de crema de fresas —le ordenó el señor Wonka al Oompa-Loompa—, y cuando llegues, con un largo palo empieza a revolver el barril donde se mezcla el chocolate. Estoy casi seguro de que lo encontrarás allí. ¡Pero será mejor que te des prisa! Si lo dejas demasiado tiempo dentro del barril donde se mezcla el chocolate, puede que lo viertan dentro del barril donde se cuece la crema de fresas, y eso sí que sería un desastre, ¿verdad? ¡Mi crema de fresas quedaría arruinada!

La señora Gloop dejó escapar un grito de furia.

—Estoy bromeando —aclaró el señor Wonka, riendo silenciosamente detrás de su barba—. No quise decir eso. Perdóneme, lo siento. ¡Adiós, señora Gloop! ¡Adiós, señor Gloop! ¡Adiós! ¡Adiós! ¡Los veré más tarde...!

Cuando el señor y la señora Gloop y su diminuto acompañante se alejaron corriendo, los cinco Oompa-Loompas que estaban al otro lado del río empezaron de pronto a saltar y a bailar y a golpear desenfrenadamente unos pequeñísimos tambores.

—¡Augustus Gloop! —cantaban—. ¡Augustus Gloop! ¡Augustus Gloop! ¡Augustus Gloop!

—¡Abuelo! —exclamó Charlie—. ¡Escúchalos, abuelo! ¿Qué están haciendo?

ROALD DAHL

—¡Ssshhh! —susurró el abuelo Joe—. ¡Creo que nos van a cantar una canción!

¡Augustus Gloop! ¡Augustus Gloop! ¡Augustus Gloop!
¡No puedes ser tan comilón!
¡No lo debemos permitir!
¡Esto ya no puede seguir!
¡Tu gula es digna de pavor,
tu glotonería es tal que inspira horror!
Por mucho que este cerdo viva,
jamás será capaz de dar
siquiera un poco de alegría
o a sus placeres renunciar,
y por lo tanto lo que haremos
en caso tal es lo siguiente:
la suavidad utilizaremos
un medio sutil y convincente.
Apresaremos al culpable
y con un mágico ademán,
haremos de él algo agradable,
que a todo el mundo encantará.
Como un juguete, por ejemplo,
una pelota, un balancín,
una muñeca o una comba,
un trompo o un monopatín.
Aunque este niño repugnante
era tan malo, era tan vil,
tan comilón y horripilante,
tan caprichoso e infantil

que no perdimos un instante
en decidir cuál de sus mil
vicios era el más importante.
La gula, sí, era el principal,
por ser pecado capital.
Y a tal vicio, tal castigo.
En eso convendréis, amigos.
¡Ya está! —decidimos—. Ha llegado el día
de dar a este niño su justo escarmiento.
Le haremos pasar por la tubería
sin dudarlo siquiera un momento.
Y pronto verá, despavorido,
que en la sala adonde ha ido
a parar, cosas extrañas
se suceden. Ni sus mañas
le ayudarán, llegado allí.
¡Oh, Augustus, pobre de ti!
Mas no hay por qué estar alarmados.
Augustus no será dañado.
Aunque sí hemos de admitir
que será modificado.
Cambiará de lo que ha sido
una vez que haya pasado
por el chocolate hervido.
En el barril, poco a poco,
las ruedas echan a andar.
Cien cuchillos, como locos,
empiezan a triturar
lo que hay dentro del brebaje

mientras gira el engranaje
que la mezcla ha de licuar.
Añadimos el azúcar
y los demás ingredientes,
y con el último hervor
(el chocolate está ardiente)
ya podemos, sin temor,
sacar a Augustus del fuego
para asegurarnos luego
de que ha cambiado, ¡sí, señor!
¡Ha cambiado! ¡Es un milagro!
Este niño, que entró grueso
en el barril, sale magro.
Este niño feo y obeso,
éste, a quien nadie quería,
cambió de la noche al día
gracias a nuestros desvelos.
Todos le quieren, ¿pues quién podría
odiar a un riquísimo caramelo?

—¡Ya os dije que les gustaba mucho cantar! —exclamó el señor Wonka—. ¿No son deliciosos? ¿No son encantadores? Pero no debéis creer una sola palabra de lo que han dicho. ¡Son todo pamplinas!

—¿Están realmente bromeando los Oompa-Loompas, abuelo? —preguntó Charlie.

—Claro que están bromeando —respondió el abuelo Joe—. Deben estar bromeando. Al menos, espero que estén bromeando. ¿Tú no?

Por el río
de chocolate

—¡Allá vamos! –gritó el señor Wonka–. ¡Daos prisa, todo el mundo! ¡Seguidme a la próxima sección! Y, por favor, no os preocupéis por Augustus Gloop. Ya saldrá con la colada. Todos acaban por salir. ¡Tendremos que hacer la próxima etapa del viaje en barco! ¡Aquí viene! ¡Mirad!

Una vaporosa neblina se levantaba ahora del río de chocolate caliente, y de la neblina surgió un fantástico barco de color rosa. Era un gran barco de remo con una alta proa y una alta popa (como un antiguo barco vikingo), y de un color rosa tan brillante, tan fulgurante y vistoso, que parecía estar hecho de cristal. Había muchos remos a ambos lados de la nave, y a medida que ésta se fue acercando, los observadores de la orilla pudieron ver que los remos eran accionados por grupos de Oompa-Loompas, al menos diez de ellos por cada remo.

—¡Éste es mi yate privado! —exclamó el señor Wonka, sonriendo de placer–. ¡Lo he construido vaciando un enorme caramelo de fresa! ¿No es hermoso? ¡Mirad cómo navega por el río!

El brillante barco de caramelo de fresa se deslizó hasta detenerse a la orilla del río. Cien Oompa-Loompas se apoyaron sobre sus remos y contemplaron a los visitantes. Entonces, de pronto, por razones sólo conocidas por ellos mismos, estallaron en grandes carcajadas.

—¿Por qué se ríen? —preguntó Violet Beauregarde.

—¡Oh, no os preocupéis por ellos! —exclamó el señor Wonka—. ¡Siempre se están riendo! ¡Creen que todo es una broma colosal! ¡Subid al barco! ¡Vamos! ¡Deprisa!

En cuanto todo el mundo hubo subido a bordo, los Oompa-Loompas empujaron el barco hasta alejarlo de la orilla y empezaron a remar rápidamente río abajo.

—¡Eh, tú! ¡Mike Tevé! —gritó el señor Wonka—. ¡No lamas el barco con la lengua, por favor! ¡Lo único que conseguirás es ponerlo pringoso!

—¡Papá —dijo Veruca Salt—, quiero un barco como éste! ¡Quiero que me compres un barco de caramelo de fresa exactamente igual al del señor Wonka! ¡Y quiero muchos Oompa-Loompas que me lleven de paseo, y quiero un río de chocolate, y quiero... quiero...!

—Lo que quiere es una buena zurra —le susurró a Charlie el abuelo Joe.

El anciano estaba sentado en la popa del barco, y junto a él se hallaba el pequeño Charlie Bucket. Charlie agarraba firmemente la huesuda mano de su abuelo. Estaba muy exaltado. Todo lo que había visto hasta ahora —el gran río de chocolate, la cascada, los enormes tubos de succión, las colinas de caramelo, los Oompa-Loompas, el hermoso barco de color rosa y, sobre todo, el propio señor Willy Wonka— le había parecido tan asombroso que empezó a preguntarse si era posible que quedasen aún muchas más cosas de las que sorprenderse. ¿Adónde irían ahora? ¿Qué verían? ¿Y qué sucedería en el próximo recinto?

—¿No es maravilloso? —dijo el abuelo Joe, sonriendo a Charlie.

Charlie asintió y sonrió a su vez.

De pronto, el señor Wonka, que estaba sentado al otro lado de Charlie, alargó el brazo hasta el fondo del barco, cogió un gran tazón, lo hundió en el río, lo llenó de chocolate y se lo dio a Charlie.

—Bébete esto —ordenó— ¡Te hará bien! ¡Pareces estar hambriento!

Luego el señor Wonka llenó un segundo tazón y se lo dio al abuelo Joe.

—Usted también —dijo—. ¡Parece un esqueleto! ¿Qué ocurre? ¿Es que no han tenido mucha comida en su casa últimamente?

—No mucha —contestó el abuelo Joe.

Charlie acercó el tazón a sus labios, y a medida que el espeso chocolate caliente descendía por su garganta hasta su estómago vacío, su cuerpo entero, de la cabeza a

los pies, empezó a vibrar de placer, y una sensación de intensa felicidad se extendió por él.

—¿Te gusta? —preguntó el señor Wonka.

—¡Es maravilloso! —dijo Charlie.

—¡El chocolate más exquisito que he probado nunca! —exclamó el abuelo Joe, chasqueando los labios.

—Eso es porque ha sido mezclado en una cascada —le explicó el señor Wonka.

El barco siguió navegando río abajo. El río se iba volviendo más estrecho. Delante de ellos había una especie de oscuro túnel —un gran túnel redondo que parecía la boca de una inmensa tubería— y el río se dirigía directamente a él. ¡Y también el barco!

—¡Seguid remando! —gritó el señor Wonka, saltando y agitando su bastón en el aire—. ¡A toda marcha!

Y con los Oompa-Loompas remando más deprisa que nunca, el barco se introdujo en el oscurísimo túnel, y todos los pasajeros lanzaron un grito de placer.

—¿Cómo pueden saber adónde van? —gritó Violet Beauregarde en la oscuridad.

—¡No hay modo de adivinarlo! —le contestó el señor Wonka, muriéndose de risa.

¡No hay modo de adivinar
qué rumbo van a tomar!
¡Imposible averiguar
dónde nos van a llevar
o el río a desembocar!
¡Ni una luz se ve brillar,

el peligro va a llegar!
Los remeros a remar
se dedican sin cesar.
Y, por cierto, sin mostrar
signos de querer cejar...

—¡Ha perdido la cabeza! —gritó uno de los padres, asombrado, y los demás se unieron al coro de aterrados gritos—: ¡Está loco!

—¡Está loco!

—¡Demente!

—¡Pirado!

—¡Lunático!

—¡Chalado!

—¡Tocado!

—¡Furioso!

—¡Maniático!

—¡No, no lo está! —dijo el abuelo Joe.

—¡Encended las luces! —gritó el señor Wonka.

Y de pronto las luces se encendieron, y el túnel entero se iluminó, y Charlie pudo ver que estaban dentro de una gigantesca tubería, y que las grandes paredes curvadas de la tubería eran de un blanco purísimo y estaban inmaculadamente limpias. El río de chocolate fluía a toda velocidad dentro de la tubería, y los Oompa-Loompas remaban como locos, y el barco navegaba a toda marcha. El señor Wonka saltaba y brincaba en la popa del barco, y les gritaba a sus remeros que remasen aún más deprisa. Parecía adorar la sensación de navegar a toda velocidad a través de

un túnel blanco en un barco de color de rosa por un río de chocolate, y palmoteaba y reía y miraba a sus pasajeros para ver si ellos estaban disfrutando tanto como él.

—¡Mira, abuelo! —gritó Charlie—. ¡Hay una puerta en la pared!

Era una puerta verde, y estaba empotrada en la pared del túnel justamente por encima del nivel del río. Al pasar por delante tuvieron el tiempo justo de leer lo que estaba escrito en ella: DEPÓSITO NÚMERO 54. TODAS LAS CREMAS: CREMA DE LECHE, CREMA BATIDA, CREMA DE VIOLETAS, CREMA DE CAFÉ, CREMA DE PIÑA, CREMA DE FRESA, CREMA DE VAINILLA Y CREMA PARA LAS MANOS.

—¿Crema para las manos? —gritó Mike Tevé—. ¿No utilizarán crema para las manos?

—¡Seguid remando! —ordenó el señor Wonka—. ¡No hay tiempo para contestar preguntas tontas!

Pasaron a toda velocidad delante de una puerta negra. DEPÓSITO NÚMERO 71. BATIDORES: TODAS LAS FORMAS Y TAMAÑOS.

—¡Batidores! —gritó Veruca Salt—. ¿Para qué necesitan batidores?

—Para batir la nata, por supuesto —respondió el señor Wonka—. ¿Cómo se puede batir nata sin batidores? La nata batida no es nata batida a menos que haya sido batida con batidores. Lo mismo que un huevo escalfado no es un huevo escalfado a menos que haya sido robado en el bosque en plena noche.* ¡Seguid remando, por favor!

---

* Juego de palabras imposible de traducir. *Poached*, en inglés, tiene el doble sentido de «escalfado» y «birlado». (N. *del* T.)

Pasaron delante de una puerta amarilla sobre la cual decía: DEPÓSITO NÚMERO 77. TODOS LOS GRANOS: GRANOS DE CAFÉ, GRANOS DE CACAO, GRANOS DE AZÚCAR Y GRANOS DE ARENA.

—¿Granos de arena? —gritó Violet Beauregarde.

—¡Tú tienes la cabeza llena de ellos! —le soltó el señor Wonka—. ¡No hay tiempo para discutir! ¡Seguid adelante, seguid adelante!

Pero cinco segundos más tarde, cuando apareció ante ellos una puerta de color rojo brillante, éste agitó súbitamente su bastón en el aire y gritó:

—¡Detened el barco!

La Sala de Invenciones. Caramelos Eternos y *Toffee Capilar*

Cuando el señor Wonka gritó «¡Detened el barco!», los Oompa-Loompas clavaron los remos en el río y remaron hacia atrás furiosamente. El barco se detuvo.

Los Oompa-Loompas guiaron el barco hasta colocarlo paralelamente a la puerta roja. Sobre la puerta decía: SALA DE INVENCIONES. PRIVADO. PROHIBIDO ENTRAR. El señor Wonka sacó una llave de su bolsillo, se inclinó fuera del barco y metió la llave en la cerradura.

—¡Ésta es la sección más importante de toda la fábrica! –dijo–. ¡Todas mis nuevas invenciones más secretas se preparan y se cocinan aquí! ¡El viejo Fickelgruber daría cualquier cosa por poder entrar aquí aunque sólo fuera durante tres minutos! ¡Y lo mismo Prodnose y Slugworth y todos los demás fabricantes de chocolate! Pero ahora, ¡escuchadme bien! ¡No quiero que toquéis nada una vez que estemos dentro! ¡No podéis tocar, ni fisgonear, ni probar nada! ¿De acuerdo?

—¡Sí, sí! —exclamaron los niños—. ¡No tocaremos nada!

—Hasta ahora —dijo el señor Wonka— a nadie, ni siquiera a un Oompa-Loompa, le he permitido entrar aquí.

Abrió la puerta y saltó del barco a la habitación. Los cuatro niños y sus padres le siguieron apresuradamente.

—¡No toquéis —les advirtió el señor Wonka— y no tiréis nada al suelo!

Charlie Bucket examinó la gigantesca habitación en la que ahora se encontraba. ¡Parecía la cocina de una bruja! A su alrededor había negras cacerolas de metal hirviendo y burbujeando sobre enormes fogones, y peroles friendo y ollas cociendo, y extrañas máquinas de hierro repicando y salpicando, y había tuberías a lo largo del techo y de las paredes, y toda la habitación estaba llena de humo y de vapor y de deliciosos aromas.

El propio señor Wonka se había puesto de repente más excitado que de costumbre, y cualquiera podía ver fácilmente que ésta era su habitación favorita. Saltaba y brincaba entre las ollas y las máquinas como un niño entre sus regalos de Navidad, sin saber adónde dirigirse primero. Levantó la tapa de una enorme cacerola y aspiró su aroma; luego, salió corriendo y metió un dedo en un barril lleno de una pegajosa mezcla de color amarillo y la probó; luego, se dirigió hacia una de las máquinas e hizo girar media docena de válvulas a la derecha y a la izquierda; luego, miró ansiosamente a través de la puerta de cristal de un horno gigantesco, frotándose las manos y lanzando risitas de placer ante lo que vio dentro. Luego corrió hacia otra de las máquinas, un pequeño y brillante artefacto que hacía *plop, plop, plop, plop, plop,* y cada vez que hacía *plop,* dejaba caer una canica de color verde a un cesto que había en el suelo. Al menos, parecía una canica.

—¡Caramelos Eternos! —gritó orgullosamente el señor Wonka—. ¡Son completamente nuevos! Los estoy inventando para los niños que reciben una escasa paga semanal. Te metes un Caramelo Eterno en la boca y lo chupas y lo chupas y lo chupas y lo chupas y nunca se hace más pequeño.

—¡Es como chicle! —exclamó Violet Beauregarde.

—No es como chicle —dijo el señor Wonka—. El chicle es para ser masticado, y si intentases masticar uno de estos caramelos te romperías los dientes. ¡Pero su sabor es riquísimo! ¡Jamás desaparecen! Al menos, así lo creo. Uno de ellos está siendo probado en este mismo momento en la Sala de Pruebas. Un Oompa-Loompa lo está chupando. Lleva ya casi un año chupándolo sin parar, y sigue tan bueno como siempre. Y bien, aquí —prosiguió el señor Wonka, corriendo entusiasmado al otro lado de la habitación—, aquí estoy inventado un tipo de *toffee* completamente nuevo.

Se detuvo junto a una enorme cacerola. La cacerola estaba llena de un espeso jarabe de color púrpura, hirviente y burbujeante. Poniéndose de puntillas, el pequeño Charlie alcanzaba a verlo.

—¡Esto es *Toffee* capilar! —gritó el señor Wonka—. ¡Te comes un pequeño trocito de ese *toffee* y al cabo de media hora exactamente una hermosa cabellera, espesa y sedosa, te empieza a crecer en la cabeza! ¡Y un bigote! ¡Y una barba!

—¡Una barba! —exclamó Veruca Salt—. ¿Quién puede querer una barba?

—A ti te iría muy bien —dijo el señor Wonka—, pero desgraciadamente la mezcla no está del todo terminada. Es demasiado potente. Funciona en exceso. La probé ayer con un Oompa-Loompa en la Sala de Pruebas, y de inmediato una espesa barba negra empezó a crecerle en la barbilla, y la barba creció tan rápidamente que pronto estaba arrastrándola por el suelo como una alfombra. ¡Crecía más deprisa de lo que podíamos cortarla! ¡Al final tuvimos que utilizar una cortadora de césped para controlarla! ¡Pero pronto conseguiré perfeccionar la mezcla! ¡Y cuando lo haga, ya no habrá excusas para los niños y las niñas que van por ahí completamente calvos!

—Pero, señor Wonka —dijo Mike Tevé—, los niños y las niñas no van por ahí completamente...

—¡No discutas, mi querido muchacho, por favor, no discutas! —gritó el señor Wonka—. ¡Es una pérdida de tiempo precioso! Y bien, aquí, si tenéis a bien seguirme, os enseñaré algo de lo que estoy muy orgulloso. ¡Cuidado, por favor! ¡No tiréis nada al suelo! ¡No os acerquéis demasiado!

La gran máquina
de chicle

El señor Wonka condujo al grupo a una gigantesca
máquina que se hallaba en el centro mismo de la Sala de Invenciones. Era una montaña de brillante metal que
se elevaba muy por encima de los niños y sus padres. De
un extremo superior salían cientos y cientos finos tubos de
cristal, que se torcían hacia abajo y se unían en un gran con-
glomerado y colgaban suspendidos sobre una enorme tinaja redonda del tamaño de una bañera.

—¡Allá vamos! —gritó el señor Wonka, y apretó tres
botones diferentes en un costado de la máquina.

Un segundo más tarde se oyó un poderoso rugido que
provenía de su interior, y la máquina entera empezó a vibrar
aterradoramente, y de todas partes empezaron a surgir
nubes de vapor; de pronto, los asombrados observadores
vieron que una mezcla líquida estaba empezando a correr
por el interior de los cientos de tubos de cristal y a caer
dentro de la gran tinaja. Y en cada uno de los tubos la mezcla era de un color diferente, de modo que todos los colores del arco iris (y muchos otros además) caían borbote-
ando y salpicando dentro de la tinaja. Era un espectáculo

muy hermoso. Y cuando la tinaja estuvo casi llena, el señor Wonka apretó otro botón, e inmediatamente la mezcla líquida dejó de salir de los tubos, el ruido sordo desapareció y un sonido chirriante lo reemplazó; y entonces un gigantesco batidor empezó a batir el líquido que había caído en la tinaja, mezclando todos los líquidos de diferentes colores como si fueran helado. Gradualmente, la mezcla empezó a hacer espuma. Se fue haciendo cada vez más espumosa, y se volvió de color azul, y luego blanco, y luego verde, y luego marrón, y luego amarillo, y finalmente azul otra vez.

—¡Mirad! —ordenó el señor Wonka.

La máquina hizo *click* y el batidor dejó de batir. Después se oyó una especie de sonido de succión, y rápidamente toda la espumosa mezcla de color azul que había en la tinaja fue succionada otra vez dentro del estómago de la máquina. Hubo un momento de silencio. Luego se oyeron unos extraños zumbidos. Luego, silencio otra vez. De pronto, la máquina dejó escapar un monstruoso quejido, y en el mismo momento un diminuto cajón (no más grande que los de las máquinas tragaperras) emergió de uno de los costados de la máquina, y en el cajón había algo tan pequeño, tan delgado y gris que todos pensaron que había habido un error. La cosa parecía un trocito de cartón gris.

Los niños y sus padres se quedaron mirando la delgada tableta gris que había en el cajón.

—¿Quiere decir que eso es todo? —dijo Mike Tevé despreciativamente.

—Eso es todo —replicó el señor Wonka, contemplando orgullosamente el resultado—. ¿No sabéis lo que es?

Hubo una pausa. Entonces, súbitamente, Violet Beauregarde, la fanática del chicle, dejó escapar un grito de entusiasmo,

—¡Por todos los santos, es chicle! —chilló—. ¡Es una tableta de chicle!

—¡Así es! —gritó el señor Wonka, dándole a Violet una palmada en la espalda—. ¡Es una tableta de chicle! ¡Es una tableta del chicle más asombroso, más fabuloso, más sensacional del mundo!

Adiós, Violet

—**E**ste chicle —prosiguió el señor Wonka— es mi último, mi más importante, mi más fascinante invento! ¡Es una comida de chicle! ¡Es... es... es... esa pequeña tableta de chicle es una comida entera de tres platos!

—¿Qué tontería es ésa? —dijo uno de los padres.

—¡Mi querido señor! —gritó el señor Wonka—. Cuando yo empiece a vender este chicle en las tiendas todo cambiará. ¡Será el fin de las cocinas! ¡Se acabará el tener que guisar! ¡Ya no habrá que ir al mercado! ¡Ya no habrá que comprar carne, ni verduras, ni todas las demás provisiones! ¡Ya no se necesitarán cuchillos y tenedores para comer! ¡No habrá más platos que lavar! ¡Ni desperdicios! ¡Sólo una pequeña tableta del chicle mágico de Wonka, y eso es todo lo que necesitará para el desayuno, el almuerzo y la cena! ¡Esta tableta de chicle que acabo de hacer contiene sopa de tomate, carne asada y pastel de arándanos, pero puede usted escoger casi todo lo que quiera!

—¿Qué quiere decir con eso de que contiene sopa de tomate, carne asada y pastel de arándanos? —dijo Violet Beauregarde.

—Si empezaras a masticarla —dijo el señor Wonka—, eso es exactamente lo que se incluiría en el menú. ¡Es absolutamente asombroso! ¡Hasta se puede sentir la comida pasando por la garganta hasta el estómago! ¡Y se la puede saborear perfectamente! ¡Y lo llena a uno! ¡Le satisface! ¡Es magnífico!

—¡Es totalmente imposible! —dijo Veruca Salt.

—¡Siempre que sea chicle —gritó Violet Beauregarde—, siempre que sea un trozo de chicle que yo pueda masticar, esto es para mí! —y rápidamente se quitó de la boca el chicle con el que había batido el récord mundial y se lo pegó detrás de la oreja izquierda—. Vamos, señor Wonka —dijo—, deme ese chicle mágico que ha inventado, y veamos si funciona.

—Por favor, Violet —dijo la señora Beauregarde, su madre—, no hagamos tonterías, Violet.

—¡Yo quiero el chicle! —dijo obstinadamente Violet—. ¿Qué tiene eso de tontería?

—Yo preferiría que no lo probases —dijo con dulzura el señor Wonka—. Verás, aún no lo he perfeccionado del todo. Hay todavía una o dos cosas...

—¡Oh, qué importa eso! —dijo Violet, y de pronto, antes de que el señor Wonka pudiese detenerla, alargó una mano regordeta, agarró la tableta de chicle que estaba en el cajón y se la metió en la boca. Al instante, sus enormes y bien entrenadas mandíbulas empezaron a masticarlo como un par de tenazas.

—¡No! —dijo el señor Wonka.

—¡Fabuloso! —gritó Violet—. ¡Es sopa de tomate! ¡Caliente, espesa y deliciosa! ¡Puedo sentir cómo pasa por mi garganta!

—¡Detente! —dijo el señor Wonka—. ¡El chicle aún no está listo! ¡No está bien!

—¡Claro que está bien! —dijo Violet—. ¡Funciona estupendamente! ¡Vaya, esta sopa está riquísima!

—¡Escúpelo! —dijo el señor Wonka.

—¡Está cambiando! —gritó Violeta, masticando y sonriendo al mismo tiempo—. ¡Ya viene el segundo plato! ¡Es carne asada! ¡Tierna y jugosa! ¡Y qué buen sabor tiene! ¡La patata asada también está exquisita! ¡Tiene una piel crujiente y está llena de mantequilla derretida!

—¡Qué interesante, Violet! —dijo la señora Beauregarde—. Eres una niña muy lista.

—¡Sigue masticando, chica! —dijo el señor Beauregarde—. ¡No dejes de masticar! ¡Éste es un gran día para los Beauregarde! ¡Nuestra hijita es la primera persona del mundo que prueba una comida de chicle!

Todos miraban a Violet Beauregarde mientras la niña masticaba este extraordinario chicle. El pequeño Charlie la contemplaba totalmente hipnotizado, viendo cómo sus gruesos labios gomosos se abrían y se cerraban al masticar; y el abuelo Joe se hallaba a su lado, mirando a la niña boquiabierto. El señor Wonka se retorcía las manos y decía:

—¡No, no, no, no, no! ¡No está listo para comer! ¡No está bien! ¡No debes hacerlo!

—¡Pastel de arándanos con nata! —gritó Violet—. ¡Aquí viene! ¡Oh, es perfecto! ¡Es delicioso! ¡Es... es exactamente como si lo estuviese tragando! ¡Es igual que si estuviese masticando y tragando grandes cucharadas del pastel de arándanos más exquisito del mundo!

—¡Santo cielo, hija! —chilló de pronto la señora Beauregarde, mirando fijamente a Violet—. ¿Qué le ocurre a tu nariz?

—¡Oh, cállate, mamá, y déjame terminar!

—¡Se está volviendo azul! —gritó horrorizada la señora Beauregarde—. ¡Tu nariz se está volviendo azul como un arándano!

—¡Tu madre tiene razón! —gritó el señor Beauregarde—. ¡Tu nariz se ha vuelto de color púrpura!

—¿Qué quieres decir? —dijo Violet, que continuaba masticando.

—¡Tus mejillas! —gritó la señora Beauregarde—. ¡También se están volviendo azules! ¡Y tu barbilla! ¡Tu cara entera se está volviendo azul!

—¡Escupe ahora mismo ese chicle! —ordenó el señor Beauregarde.

—¡Socorro! ¡Piedad! —chilló la señora Beauregarde—. ¡La niña se está volviendo de color púrpura! ¡Hasta su pelo está cambiando de color! ¡Violet, te estás volviendo violeta, Violet! ¿Qué te ocurre?

—Les dije que aún no lo había perfeccionado —suspiró el señor Wonka, moviendo tristemente la cabeza.

—¡Ya lo creo que no lo ha perfeccionado! —gritó la señora Beauregarde—. ¡Mire cómo está ahora la niña!

Todo el mundo miraba a Violet. ¡Y qué espectáculo terrible y peculiar! Su cara y sus manos y sus piernas y su cuello; su cuerpo entero, en realidad, así como su melena de cabellos rizados, se habían vuelto de un brillante color púrpura azulado, el color del zumo de arándanos.

—Siempre falla cuando llegamos al postre —suspiró el señor Wonka—. Es el pastel de arándanos. Pero algún día lo corregiré, esperen y verán.

—¡Violet —gritó la señora Beauregarde—, te estás hinchando!

—Me siento mal —dijo Violet.

—¡Te estás hinchando! —gritó una vez más la señora Beauregarde.

—¡Me siento muy rara! —jadeó Violet.

—¡No me sorprende! —dijo el señor Beauregarde.

—¡Santo cielo, hija! —chilló la señora Beauregarde—. ¡Te estás hinchando como un globo!

—Como un arándano —dijo el señor Wonka.

—¡Llamad a un médico! —gritó el señor Beauregarde.

—¡Pinchadla con un alfiler! —dijo uno de los padres.

—¡Salvadla! —gritó la señora Beauregarde, retorciéndose las manos.

Pero ya no había modo de salvarla. Su cuerpo se estaba hinchando y cambiando de forma a tal velocidad, que al cabo de un minuto se había convertido en nada menos que una enorme pelota de color azul —un arándano gigantesco, en realidad—, y todo lo que quedaba de la propia Violet Beauregarde eran un par de piernas diminutas y un par de brazos diminutos que salían de la inmensa fruta redonda, y una pequeñísima cabeza.

—Siempre ocurre lo mismo —suspiró el señor Wonka—. Lo he probado veinte veces en la Sala de Pruebas con veinte Oompa-Loompas y cada uno de ellos terminó como un arándano. Es muy enojoso. No puedo comprenderlo.

—¡Pero yo no quiero una hija que sea un arándano! —gritó la señora Beauregarde—. ¡Vuélvala enseguida a lo que era antes!

El señor Wonka chasqueó los dedos, y diez Oompa-Loompas aparecieron inmediatamente a su lado.

—Rodad a la señorita Violet Beauregarde dentro del bote —les dijo— y llevadla inmediatamente a la Sección de Exprimidos.

—¡La Sección de Exprimidos! —gritó la señora Beauregarde—. ¿Qué le harán allí?

—Exprimirla —dijo el señor Wonka—. Tenemos que exprimirla inmediatamente. Después de eso tendremos que ver lo que sucede. Pero no se preocupe, mi querida señora Beauregarde. La repararemos, aunque sea lo último que hagamos. Lo siento mucho, de verdad que lo siento...

Los diez Oompa-Loompas ya estaban rodando el gigantesco arándano por el suelo de la Sala de las Invenciones

hacia la puerta que conducía al río de chocolate donde esperaba el barco. El señor y la señora Beauregarde corrieron tras ellos. El resto del grupo, incluyendo al pequeño Charlie Bucket y al abuelo Joe, se quedaron absolutamente inmóviles viéndoles partir.

—¡Escucha! —susurró Charlie—. ¡Escucha, abuelo! ¡Los Oompa-Loompas que están en el barco han empezado a cantar!

Las voces, cien voces cantando al unísono, podían oírse claramente en la habitación:

No me cabe duda, queridos amigos,
de que estáis en esto de acuerdo conmigo:
no hay nada que más repulsión pueda dar
que un niño que masca chicle sin cesar.
(Es un vicio tan malo, vulgar e infeliz
como el de meterse el dedo en la nariz).

De modo que es cierto, tenemos razón,
el chicle no es nunca una compensación.
Esta horrible costumbre os hará acabar mal
enviándoos a un pegajoso final.
¿Alguno de vosotros conoce o ha oído
hablar de una tal señorita Bellido?
Esta horrible mujer nada malo veía
en mascar y mascar a lo largo del día.
Mascaba bañándose en su bañera,
mascaba, bailando, la noche entera.
Mascaba en la iglesia y hasta en el tranvía.
¡Mascar es lo único que la pobre hacía!
Y cuando perdía su chicle, mascaba
trozos de linóleo que del suelo arrancaba.
O cualquier otra cosa, lo que hallase primero,
un par de botas viejas, la oreja del cartero,
los guantes de su tía, el ala de un sombrero.
¡Hasta llegó a mascarle la nariz al frutero!
Y así siguió mascando, hasta que llegó un día
en que sus maxilares (yo ya me lo temía)
alcanzaron tal envergadura, por fin,
que su enorme mandíbula parecía un violín.
Durante años y años masticó sin cesar
y cien chicles, o mil, consumió,
hasta que una noche, al irse a acostar
he aquí lo que le sucedió:
en la cama leyó durante media hora
sin dejar su vicio satánico.
En verdad, nuestra pobre señora

parecía un cocodrilo mecánico.
Por fin decidió colocar
el chicle sobre una bandeja
y para dormirse se puso a contar
como otros insomnes, ovejas.
Pero, ¡qué extraño!, aunque dormía
y el chicle acababa de dejar
sus maxilares se movían
aun sin nada que mascar.
¡Estaban ya tan habituados
que no podían estar cerrados!
Y era siniestro oír el crujido
que en medio de la oscuridad
hacían sus dientes.
Era un ruido
que daba miedo de verdad.
Así siguió la noche entera,
pero al llegar la madrugada
se dio la cruelísima ocasión
de que sus fauces decidieran
abrirse en toda su extensión,
dando un tremendo tarascón
que le arrancó la lengua entera.
Y desde entonces, la señora
a fuer de tanto masticar,
se quedó muda, y hasta ahora
nunca más ha vuelto a hablar.
Su caso resultó notorio
y fue a parar a un sanatorio

que ya no ha vuelto a abandonar.
Así, queremos intentar
salvar a Violet Beauregarde
de un destino similar.
Aún es joven, no es muy tarde,
y aunque la prueba sea dura
esperemos, sin alardes,
que sobreviva a la cura.
Quizá lo haga, pronto o tarde.
La cosa no es muy segura.

Por el corredor

—Vaya, vaya, vaya —suspiró el señor Willy Wonka—, hemos perdido a dos niños traviesos. Quedan tres niños buenos. ¡Creo que lo mejor será que salgamos enseguida de esta habitación antes de perder a otro!

—Pero, señor Wonka —dijo ansiosamente Charlie Bucket—, ¿se pondrá bien Violet Beauregarde o se quedará para siempre convertida en arándano?

—¡La exprimirán sin pérdida de tiempo! —declaró el señor Wonka—. ¡La harán rodar dentro del exprimidor y saldrá de él delgada como un hilo!

—¿Pero seguirá siendo de color azul? —preguntó Charlie.

—¡Será de color púrpura! —gritó el señor Wonka—. ¡De un hermoso color púrpura de la cabeza a los pies! ¡Pero qué vamos a hacer! ¡Eso es lo que ocurre cuando se masca un repugnante chicle todo el día!

—Si opina que el chicle es tan repugnante —dijo Mike Tevé—, ¿por qué lo hace usted en su fábrica?

—Me gustaría que hablaras más alto —dijo el señor Wonka—. No oigo una palabra de lo que dices. ¡Vamos! ¡Adelante! ¡Seguidme! ¡Volvemos otra vez a los corredores!

Y diciendo esto, el señor Wonka se dirigió a un extremo de la Sala de Invenciones y salió por una pequeña puerta secreta escondida detrás de un montón de tuberías y fogones. Los tres niños restantes, Veruca Salt, Mike Tevé y Charlie Bucket, junto con los cinco adultos que quedaban, salieron tras él.

Charlie Bucket vio que estaba ahora otra vez en uno de aquellos largos corredores pintados de rosa del que salían muchos otros corredores iguales. El señor Wonka corría delante de ellos, torciendo a la derecha y a la izquierda y a la derecha, y el abuelo Joe comentó:

—No te sueltes de mi mano, Charlie. Sería terrible perderse aquí.

El señor Wonka estaba diciendo:

—¡No tenemos tiempo que perder! ¡Jamás llegaremos a ningún sitio al ritmo que llevamos! —y siguió adelante por los interminables corredores rosados, con su chistera negra encasquetada en la cabeza y los faldones de su frac de terciopelo color ciruela volando detrás como una bandera al viento.

Pasaron delante de una puerta en la pared.

—¡No tenemos tiempo para entrar! —gritó el señor Wonka—. ¡Adelante! ¡Adelante!

Pasaron delante de otra puerta, y luego de otra, y de otra más. Ahora había puertas cada veinte pasos a lo largo del corredor, y todas tenían algo escrito, y extraños sonidos metálicos se oían detrás de varias de ellas, y deliciosos aromas se filtraban a través de los ojos de sus cerraduras, y a veces, pequeñas corrientes de vapor coloreado salían por las rendijas de debajo.

Charlie y el abuelo Joe debían andar a toda velocidad, casi corriendo, para mantener el paso del señor Wonka, pero pudieron leer lo que decía en algunas de las puertas a medida que pasaban delante de ellas. ALMOHADAS COMESTIBLES DE MERENGUE, se leía en una de ellas.

—¡Las almohadas de merengue son estupendas! —gritó el señor Wonka al pasar por allí—. ¡Harán furor cuando las envíe a las tiendas! ¡Pero no hay tiempo para entrar! ¡No hay tiempo para entrar!

PAPEL COMESTIBLE PARA EMPAPELAR LOS CUARTOS DE LOS NIÑOS, decía en la puerta siguiente.

—¡El papel comestible es algo maravilloso! —gritó el señor Wonka, al pasar corriendo ante la puerta—. Tiene dibujos de frutas: plátanos, manzanas, naranjas, uvas, piñas, fresas y *cornarinas*...

—¿*Cornarinas*? —se extrañó Mike Tevé.

—¡No interrumpas! —dijo el señor Wonka—. El papel lleva estampados dibujos de todas estas frutas, y cuando se lame el dibujo de un plátano, sabe a plátano. Cuando se lame una fresa, sabe a fresa. Y cuando se lame una *cornarina,* sabe a *cornarina...*

—¿Pero a qué sabe una *cornarina?*

—Vuelves a hablar en voz baja —se quejó el señor Wonka—. La próxima vez habla más alto. ¡Adelante! ¡Daos prisa!

HELADOS CALIENTES PARA DÍAS FRÍOS, ponía en la siguiente puerta.

—Muy útiles en invierno —dijo el señor Wonka, siempre corriendo—. El helado caliente reconforta muchísimo cuando el tiempo es muy frío. También fabrico cubos de hielo calientes para poner en las bebidas calientes. Los cubos de hielo calientes hacen que las bebidas calientes sean aún más calientes.

VACAS QUE DAN LECHE CON CHOCOLATE, estaba escrito en la puerta siguiente.

—¡Ah, mis preciosas vaquitas! —exclamó el señor Wonka—. ¡Cómo quiero yo a esas vacas!

—Pero ¿por qué no podemos verlas? —preguntó Veruca Salt—. ¿Por qué tenemos que pasar corriendo delante de todas estas hermosas habitaciones?

—¡Ya nos detendremos cuando llegue el momento! —dijo el señor Wonka—. ¡No seas tan impaciente!

BEBIDAS GASEOSAS QUE LEVANTAN, decía en la próxima puerta.

—¡Oh, ésas son fabulosas! —gritó el señor Wonka—. Te llenan de burbujas, y las burbujas llevan un gas especial, y este gas es tan potente que te levanta del suelo como si fueras un globo; te elevas hasta que tu cabeza se da contra el techo, y allí te quedas.

—Pero ¿cómo se vuelve a bajar otra vez? —preguntó el pequeño Charlie.

—Eructando, por supuesto —dijo el señor Wonka—. Haciendo un largo, vigoroso, grosero, eructo, con lo que el gas sube y tú bajas. ¡Pero no las bebáis al aire libre! No se sabe hasta dónde podéis ascender si lo hacéis. Yo le di un poco a un Oompa-Loompa una vez en el jardín: empezó a subir y a subir y a subir hasta que desapareció. Fue muy triste. Nunca más lo volví a ver.

—Debía haber eructado —dijo Charlie.

—Claro que debía haber eructado —dijo el señor Wonka—. Yo le gritaba: «Eructa, tonto, eructa, o no podrás volver a bajar». Pero no lo hizo, o no pudo hacerlo, o no quiso hacerlo. No lo sé. Quizá fuese demasiado educado. Ahora ya debe estar en la Luna.

En la próxima puerta decía: CARAMELO CUADRADO QUE SE VUELVE EN REDONDO.

—¡Esperad! —gritó el señor Wonka, frenando de pronto hasta detenerse—. Estoy muy orgulloso de mi caramelo cuadrado que se vuelve en redondo. Echemos un vistazo.

Caramelos cuadrados que se vuelven en redondo

Todo el mundo se detuvo y se agolpó junto a la puerta. La mitad superior de la misma estaba hecha de cristal. El abuelo Joe levantó al pequeño Charlie para que éste pudiese ver mejor, y mirando al interior, Charlie vio una larga mesa, y sobre la mesa, filas y filas de pequeños caramelos blancos de forma cuadrada. Los caramelos se asemejaban mucho a cuadrados terrones de azúcar –excepto que cada uno de ellos tenía una graciosa carita rosada pintada en uno de sus lados–. En un extremo de la mesa, un grupo de Oompa-Loompas pintaba afanosamente nuevas caritas en más caramelos.

–¡Allí los tenéis! –gritó el señor Wonka–. ¡Caramelos cuadrados que se vuelven en redondo!

–No veo cómo pueden volverse en redondo si son cuadrados –comentó Mike Tevé.

–Son cuadrados –dijo Veruca Salt–. Son completamente cuadrados.

–Claro que son cuadrados –intervino el señor Wonka–. Yo nunca he dicho que no lo fueran.

–¡Dijo que se volvían en redondo! –le reprochó Veruca.

—Yo nunca dije eso. Dije que eran unos caramelos cuadrados que se volvían *en redondo*.

—¡Pero no se vuelven en redondo! —exclamó Veruca Salt—. ¡Siguen siendo cuadrados!

—Se vuelven en redondo —insistió el señor Wonka.

—¡Claro que no se vuelven en redondo! —gritó Veruca Salt.

—Veruca, cariño —dijo la señora Salt—, no le hagas caso al señor Wonka. Te está mintiendo.

—Mi querida merluza —cortó el señor Wonka—, vaya a que le frían la cabeza.

—¡Cómo se atreve a hablarme así! —gritó la señora Salt.

—¡Oh, cállese! —pidió el señor Wonka—. ¡Y ahora, mirad esto! —sacó una llave de su bolsillo, abrió la puerta, la empujó... y de pronto... al ruido de la puerta que se abría, todas las filas y filas de pequeños caramelos cuadrados se volvieron rápidamente en redondo para ver quién entraba. Las diminutas caritas se volvieron realmente hacia la puerta y miraron al señor Wonka.

—¡Ahí lo tenéis! —gritó éste triunfalmente—. ¡Se han vuelto en redondo! ¡No hay discusión alguna! ¡Es un caramelo cuadrado que se vuelve en redondo!

—¡Caramba, tiene razón! —dijo el abuelo Joe.

—¡Vamos! —ordenó el señor Wonka, echando a caminar corredor abajo—. ¡Adelante! ¡No debemos demorarnos!

BOMBONES DE LICOR Y CARAMELOS DE WHISKY, decía en la puerta siguiente.

—Ah, eso parece bastante más interesante —intervino el señor Salt, el padre de Veruca.

—¡Son deliciosos! —afirmó el señor Wonka—. A todos los Oompa-Loompas les encantan. Les pone achispados. ¡Escuchad! Se les puede oír allí dentro, hechos unas uvas.

Sonoras carcajadas y canciones podían oírse a través de la puerta cerrada.

—Están borrachos como cubas —dijo el señor Wonka—. Están bebiendo caramelos de whisky con soda. Eso es lo que más les gusta. Aunque los bombones de licor también son muy populares. ¡Seguidme, por favor! No deberíamos detenernos tanto —torció a la izquierda. Torció a la derecha. Llegaron a unas largas escaleras. El señor Wonka se deslizó baranda abajo. Los tres niños hicieron lo mismo. La señora Salt y la señora Tevé, las dos únicas señoras que quedaban en el grupo, se estaban quedando sin aliento. La señora Salt era muy gorda con piernas cortas, y jadeaba como un rinoceronte—. ¡Por aquí! —gritó el señor Wonka, doblando a la izquierda al final de las escaleras.

—¡Vaya más despacio! —jadeó la señora Salt.

—Imposible —contestó el señor Wonka—. Jamás llegaríamos a tiempo allí si lo hiciera.

—¿Adónde? —preguntó Veruca Salt.

—No seas curiosa. Espera y verás.

Veruca en el Cuarto de las Nueces

El señor Wonka siguió andando rápidamente por el corredor. CUARTO DE LAS NUECES, estaba escrito en la puerta siguiente.

—Está bien —dijo el señor Wonka—. Deteneos aquí un momento a recobrar vuestro aliento, y echad un vistazo a través del panel de vidrio de esta puerta. ¡Pero no entréis! Hagáis lo que hagáis, no entréis en el Cuarto de las Nueces. ¡Si entráis, interrumpiréis a las ardillas!

Todos se apretujaron contra la puerta.

—¡Oh, mira, abuelo, mira! —gritó Charlie.

—¡Ardillas! —chilló Veruca Salt.

—¡Caray! —exclamó Mike Tevé.

Era un espectáculo asombroso. Alrededor de una gran mesa había cien ardillas sentadas en altos taburetes. Sobre la mesa había montañas de nueces, y las ardillas trabajaban como locas partiéndolas a tremenda velocidad.

—¿Por qué utiliza ardillas? —preguntó Mike Tevé—. ¿Por qué no utiliza a los Oompa-Loompas?

—Porque —dijo el señor Wonka— los Oompa-Loompas no pueden sacar las nueces de sus cáscaras sin romperlas.

Siempre las rompen en dos. Nadie excepto las ardillas puede sacar las nueces enteras de su cáscara. Es muy difícil. Pero en mi fábrica insisto en que sólo se utilicen nueces enteras. Por lo tanto, necesito ardillas para hacer ese trabajo. ¿No es maravilloso ver cómo parten esas nueces? Y mirad cómo las golpean con los nudillos para asegurarse de que no están malas. Si está mala, suena a hueco, y ni se molestan en abrirla. La tiran por el agujero de los desperdicios. ¡Mirad! ¡Allí! ¡Mirad a esa ardilla que está cerca de nosotros! ¡Creo que ha encontrado una nuez mala!

Todos miraron a la pequeña ardilla mientras ésta golpeaba la nuez con los nudillos. Inclinó hacia un lado la cabeza, escuchando atentamente, y luego, de repente, arrojó la nuez por encima de su hombro a un enorme agujero que había en el suelo.

—¡Eh, mamá! —gritó de pronto Veruca Salt—. ¡He decidido que quiero una ardilla! ¡Cómprame una de esas ardillas!

—No seas tonta, cariño —dijo la señora Salt—. Todas estas ardillas pertenecen al señor Wonka.

—¡Eso no me importa! —gritó Veruca—. Quiero una. En casa sólo tengo dos perros, cuatro gatos, seis conejos, dos periquitos, tres canarios, un loro verde, una tortuga, una pecera llena de peces, una jaula de ratones blancos y un estúpido hámster. ¡Yo quiero una ardilla!

—Está bien, tesoro —dijo conciliadora la señora Salt—. Mamá te comprará una ardilla en cuanto pueda.

—¡Pero yo no quiero cualquier ardilla! —gritó Veruca—. ¡Quiero una ardilla amaestrada!

En ese momento el señor Salt, el padre de Veruca, dio un paso adelante.

—Muy bien, Wonka —dijo con gesto importante, sacando una cartera llena de dinero—, ¿cuánto quiere por una de esas ridículas ardillas? Diga un precio.

—No están a la venta —replicó el señor Wonka—. No puede quedarse con ninguna.

—¿Quién dice que no? —gritó Veruca—. ¡Entraré a coger una ahora mismo!

—¡No! —dijo rápidamente el señor Wonka, pero llegó demasiado tarde. La niña ya había abierto la puerta y se había metido dentro.

En el momento en que entró en la habitación, las cien ardillas dejaron lo que estaba haciendo, volvieron la cabeza y la miraron con sus pequeños ojillos negros.

Veruca también se detuvo y las miró a su vez. Entonces sus ojos se posaron en una graciosa ardillita que estaba sentada cerca de ella en un extremo de la mesa. La ardilla sostenía una nuez entre sus patas.

—Muy bien —dijo Veruca—. ¡Me quedo contigo!

Alargó las manos para coger a la ardilla..., pero en el momento de hacerlo..., en aquel preciso momento en que sus manos empezaron a moverse hacia delante, hubo un súbito movimiento en la habitación, como un relámpago de color marrón, y todas las ardillas que había en aquel cuarto dieron un salto en el aire en dirección a la niña y aterrizaron sobre su cuerpo.

Veinticinco ardillas cogieron su brazo derecho y lo sujetaron.

Veinticinco ardillas más cogieron su brazo izquierdo y lo sujetaron también.

Veinticinco cogieron su pierna derecha y la anclaron contra el suelo.

Veinticuatro cogieron su pierna izquierda.

Y la ardilla que quedaba (evidentemente el cabecilla del grupo) se subió a su hombro y empezó a golpear la cabeza de la desgraciada niña con los nudillos.

—¡Salvadla! —gritó la señora Salt—. ¡Veruca! ¡Vuelve aquí! ¿Qué le están haciendo?

—Están probándola para ver si es una mala nuez —dijo el señor Wonka—. Observen.

Veruca se defendía furiosamente, pero las ardillas la sujetaban con fuerza y la niña no podía moverse. La ardilla que estaba posada en su hombro seguía golpeando la cabeza con los nudillos.

Entonces, súbitamente, las ardillas tiraron al suelo a Veruca y empezaron a transportarla a través de la habitación.

—Dios mío, es una mala nuez después de todo —dijo el señor Wonka—. Su cabeza debe de haber sonado a hueco.

Veruca gritaba y pataleaba, pero esto no sirvió de nada. Las diminutas patitas la sujetaban muy bien, y la niña no podía escapar.

—¿Dónde la llevan? —chilló la señora Salt.

—La llevan a donde van todas las nueces que están malas —dijo el señor Willy Wonka—. Al pozo de los desperdicios.

—¡Dios mío, es verdad! —dijo el señor Salt, mirando a su hija a través de la puerta de cristal.

—¡Salvadla entonces! —gritó la señora Salt.

—Demasiado tarde —aclaró el señor Wonka—. Ya se ha ido.

Y así era.

—¿Pero adónde? —chilló la señora Salt, agitando los brazos—. ¿Qué ocurre con las nueces malas? ¿Adónde conduce ese vertedero?

—Ese vertedero en particular conduce directamente al tubo principal de desperdicios que recoge la basura de toda la fábrica; todo lo que se barre del suelo: las cáscaras de patatas, repollos podridos, cabezas de pescado y cosas como ésas.

—¿Quién come pescado y patatas y repollo en esta fábrica, me gustaría saber? —dijo Mike Tevé.

—Yo, por supuesto —replicó el señor Wonka—. No pensarás que yo me alimento de granos de cacao, ¿verdad?

—Pero... pero... pero... —chilló la señora Salt—, ¿adónde conduce el tubo principal?

—Pues a la caldera, por supuesto —dijo tranquilamente el señor Wonka—. Al incinerador.

La señora Salt abrió su gran boca roja y comenzó a gritar.

—No se preocupen —intentó tranquilizarlos el señor Wonka—. Siempre existe la posibilidad de que hoy no lo hayan encendido.

—¡La posibilidad! —chilló la señora Salt—. ¡Mi querida Veruca! ¡La... la... freirán como a una salchicha!

—Es verdad, querida —dijo el señor Salt—. Vamos a ver, Wonka —añadió—, creo que esta vez ha ido usted demasiado lejos. De verdad lo creo. Puede que mi hija sea un poco caprichosa, no me importa admitirlo, pero eso no

significa que usted pueda cocerla al rojo vivo. Quiero que sepa que estoy muy enfadado, ya lo creo que sí.

—¡Oh, no se enfade, mi querido señor! —dijo el señor Wonka—. Supongo que ya aparecerá tarde o temprano. Puede que ni siquiera haya caído hasta abajo. Puede que esté atascada en el vertedero cerca del agujero de la entrada y, si es así, lo único que tiene usted que hacer es ir allí y sacarla fuera.

Al oír esto, el señor y la señora Salt entraron corriendo al Cuarto de las Nueces, se acercaron al agujero en el suelo y miraron dentro.

—¡Veruca! —gritó la señora Salt—. ¿Estás ahí?

No hubo respuesta.

La señora Salt se inclinó un poco más para ver mejor. Estaba ahora arrodillada al borde mismo del agujero, con su cabeza dentro y su enorme trasero apuntando hacia arriba como una seta gigante. Era una posición peligrosa. Sólo necesitaba un pequeñísimo empujón..., un suave impulso en el sitio apropiado..., ¡y eso es exactamente lo que le dieron las ardillas!

Y al pozo cayó de cabeza, chillando como un loro.

—¡Vaya por Dios! —dijo el señor Salt, mirando cómo su mujer caía por el agujero—. ¡Qué cantidad de basura habrá hoy! —la vio desaparecer—. ¿Qué hay allí dentro, Angina? —gritó. Se inclinó un poco más hacia delante.

Las ardillas corrieron detrás de él...

—¡Socorro! —gritó el señor Salt.

Pero ya estaba cayendo, dentro del vertedero, igual que lo hicieran antes su mujer y su hija.

—¡Dios mío! —gritó Charlie, que miraba junto con los demás a través de la puerta—. ¿Qué les sucederá ahora?

—Supongo que alguien les recogerá en el fondo del vertedero —dijo el señor Wonka.

—Pero ¿y el incinerador encendido? —preguntó Charlie.

—Sólo lo encienden cada dos días —explicó el señor Wonka—. Quizá hoy sea uno de los días en que lo dejan apagado. Nunca se sabe... Puede que tengan suerte...

—¡Ssshhh! —pidió el abuelo Joe—. ¡Escuchad! ¡Aquí viene otra canción!

Desde el fondo del corredor se oyó un redoble de tambores. Entonces empezó la canción:

¡Veruca Salt!,
Veruca Salt, niña fatal,
al vertedero se cayó
y tal como lo dispusimos
en este caso, lo que hicimos,
fue dar el gran toque final
deseando a sus padres suerte igual.
¡Veruca, qué será de ti!
Y aquí debemos explicar
qué encontrará, al llegar allí,
algo distinto a lo que aquí
Veruca acaba de dejar.
¡Cosas muy poco refinadas
a las que no está acostumbrada!
Y como ejemplo, lo siguiente:
una cabeza maloliente
de rancio y pútrido pescado
que la saludará encantada,
«¡Hola, buen día! ¿Cómo estás?»,
y luego, un poco más abajo,
hay desperdicios a destajo.
Un huevo duro, un diente de ajo,
medio filete, cinco gajos
de mandarina, cuatro peras
semipodridas, y una cosa
que el gato dejó en las escaleras.
También dos lonchas de jamón
que huelen mal, medio limón
lleno de moho, un bollo seco

y un pan con mantequilla rancia,
que huele a un metro de distancia.
Y éstos serán, sí, los amigos
que Veruca mientras desciende
encontrará como testigos
de sus caprichos. ¡Así aprende!
Pero quizá penséis vosotros,
no sin razón, que no es muy justo
que toda culpa y todo mal,
todo motivo de disgusto,
recaiga en Veruca Salt.
¿Es ella sola la culpable?
¿Es ella única responsable?
Pues aunque sí es muy malcriada,
terca, voluble y caprichosa,
gritona y mal educada,
después de todo, ¿quién lo ha hecho
sino sus padres? ¿Hay derecho
a castigarla sólo a ella
cuando quien más en falta están
son ellos dos, mamá y papá?
Por eso mismo, hemos pensado
que los culpables son los tres,
y así los hemos castigado
a ellos también, pues justo es.

El gran ascensor
de cristal

—¡Nunca he visto nada como esto! —gritó el señor Wonka—. ¡Los niños desaparecen como conejos! ¡Pero no debéis preocuparos! ¡Volverán a aparecer!

El señor Wonka miró al pequeño grupo que estaba junto a él en el corredor. Ahora sólo quedaban dos niños, Mike Tevé y Charlie Bucket. Y tres adultos, el señor y la señora Tevé y el abuelo Joe.

—¿Seguimos adelante? —preguntó el señor Wonka.

—¡Oh, sí! —gritaron al unísono Charlie y el abuelo Joe.

—Me están empezando a doler los pies —se quejó Mike Tevé—. Yo quiero ver la televisión.

—Si estás cansado, será mejor vayamos en el ascensor —dijo el señor Wonka—. Está aquí. ¡Vamos! ¡Adentro!

Cruzó el pasaje en dirección a una puerta de dos hojas. Las puertas se abrieron. Los dos niños y los mayores entraron.

—¡Muy bien! —exclamó el señor Wonka—, ¿cuál de los botones apretaremos primero? ¡Podéis escoger!

Charlie Bucket miró asombrado a su alrededor. Éste era el ascensor más extraordinario que había visto nunca. ¡Tenía botones por todas partes! ¡Las paredes, y aun hasta el techo,

estaban cubiertos de filas y filas de pequeños botones negros! ¡Debía de haber unos mil botones en cada una de las paredes, y otros tantos en el techo! Y ahora Charlie se percató de que cada uno de los botones tenía a su lado un diminuto cartelito impreso diciendo a qué sección de la fábrica conducía.

—¡Éste no es un ascensor ordinario de los que van hacia arriba y hacia abajo! —anunció orgullosamente el señor Wonka—. Este ascensor puede ir de costado, a lo largo y en diagonal, y en cualquier otra dirección que se os ocurra. ¡Puedo visitar con él cualquier sección de la fábrica, no importa dónde esté! ¡Simplemente se aprieta un botón y... zing... se parte!

—¡Fantástico! —murmuró el abuelo Joe. Sus ojos brillaban de entusiasmo contemplando las filas y filas de botones.

—¡El ascensor entero está hecho de grueso cristal transparente! —declaró el señor Wonka—. ¡Las paredes, las puertas, el techo, el suelo, todo está hecho de cristal para poder ver el exterior!

—Pero no hay nada que ver —saltó Mike Tevé.

—¡Escoged un botón! —dijo el señor Wonka—. Los dos niños pueden apretar un botón cada uno. De modo que decidíos. ¡Deprisa! Algo delicioso y maravilloso se está preparando en cada una de las secciones.

Rápidamente, Charlie empezó a leer algunas de las inscripciones que había junto a cada botón.

MINAS DE CARAMELO. 300 METROS DE PROFUNDIDAD, decía en una de ellas.

PISTAS DE PATINAJE HECHAS CON LECHE DE COCO CONGELADA, ponía en otra.

Luego... PISTOLAS DE AGUA DE ZUMO DE FRUTAS.

ÁRBOLES DE MANZANAS DE CARAMELO PARA PLANTAR EN SU JARDÍN. TODOS LOS TAMAÑOS.

CARAMELOS EXPLOSIVOS PARA SUS ENEMIGOS.

CHUPA-CHUPS LUMINOSOS PARA COMER DE NOCHE EN LA CAMA.

CARAMELOS DE MENTA PARA SU RIVAL AMOROSO. LE DEJAN LOS DIENTES VERDES DURANTE UN MES ENTERO.

CARAMELOS PARA RELLENAR LAS CARIES.

CARAMELOS DE GOMA CON PEGAMENTO PARA PADRES QUE HABLAN DEMASIADO.

CARAMELOS SALTARINES QUE SE MUEVEN DELICIOSAMENTE DENTRO DEL ESTÓMAGO DESPUÉS DE TRAGARLOS.

CHOCOLATINAS INVISIBLES PARA COMER EN CLASE.

LÁPICES PARA CHUPAR RECUBIERTOS DE CARAMELO.

PISCINAS DE LIMONADA GASEOSA.

CHOCOLATE MÁGICO. CUANDO SE TIENE EN LA MANO SE SABOREA EN LA BOCA.

GRAGEAS DEL ARCO IRIS. AL CHUPARLAS SE PUEDE ESCUPIR EN SEIS COLORES DIFERENTES.

—¡Vamos, vamos! —gritó el señor Wonka—. ¡No tenemos todo el día!

—¿No hay una sala de televisión entre todo esto? —preguntó Mike Tevé.

—Claro que hay una sala de televisión —dijo el señor Wonka—. Es aquel botón de allí —añadió, señalándolo con el dedo. Todos lo miraron. CHOCOLATE DE TELEVISIÓN, decía en el pequeño cartelito junto al botón.

—¡Vivaaa! —gritó Mike Tevé—. ¡Eso es para mí! —y alargó el dedo índice para apretar el botón. Instantáneamente se oyó un tremendo zumbido.

Las puertas se cerraron de golpe y el ascensor pegó un salto como si lo hubiese picado una avispa. ¡Pero saltó hacia un lado! Y todos los pasajeros (excepto el señor Wonka, que se había cogido a una agarradera que colgaba del techo) se cayeron al suelo.

—¡Levantaos, levantaos! —gritó el señor Wonka, riendo a carcajadas.

Pero justo en el momento en que todos empezaban a ponerse de pie, el ascensor cambió de dirección y torció violentamente una esquina. Y otra vez se fue al suelo todo el mundo.

—¡Socorro! —gritó la señora Tevé.

—Deme la mano, señora —se ofreció galantemente el señor Wonka—. ¡Ya está! Y ahora cójase a esta agarradera. Que todos se cojan a una agarradera. ¡El viaje aún no ha terminado!

El anciano abuelo Joe se puso trabajosamente de pie y se cogió a una de las agarraderas. El pequeño Charlie, que no alcanzaba a llegar tan alto, se cogió a las piernas del abuelo Joe y se mantuvo firmemente aferrado.

El ascensor corría a la velocidad de un cohete. Ahora estaba empezando a subir. Subía a toda velocidad por una empinada cuesta como si estuviese escalando una escarpada colina. Y de pronto, como si hubiese llegado a lo alto de la colina y se hubiese caído por un precipicio, el ascensor cayó como una piedra, y Charlie sintió que su estómago se le subía a la garganta, y el abuelo Joe gritó:

—¡Yiipii! ¡Allá vamos!

Y la señora Tevé chilló:

—¡Las cuerdas se han roto! ¡Nos vamos a estrellar!

Y el señor Wonka dijo:

—Cálmese, mi querida señora —y le dio unas reconfortantes palmaditas en el brazo.

Y entonces el abuelo Joe miró a Charlie, que seguía aferrado a sus piernas, y le preguntó:

—¿Estás bien, Charlie?

Charlie gritó:

—¡Me encanta! ¡Es como una montaña rusa!

Y a través de las paredes de cristal del ascensor, a medida que éste avanzaba a toda marcha, pudieron ver

fugazmente las cosas extrañas y maravillosas que se sucedían en las diferentes secciones:

Una enorme fuente de la que brotaba una mezcla untuosa de color caramelo...

Una alta y escarpada montaña hecha enteramente de turrón, de cuyas laderas un grupo de Oompa-Loompas (atados unos a otros para no caerse) partían grandes trozos con picos y azadas...

Una máquina de la que salía una nube de polvo blanco como una tormenta de nieve...

Un lago de caramelo caliente del que se elevaba una nube de vapor...

Un poblado de Oompa-Loompas, con calles y casitas diminutas, y cientos de niños Oompa-Loompas de no más de ocho centímetros de altura jugando en las calles...

Y ahora el ascensor empezó a nivelarse otra vez, pero parecía ir más deprisa que nunca; Charlie podía oír fuera el silbido del viento a medida que el ascensor corría hacia delante... y torcía hacia un lado... y hacia otro... y subía... y bajaba... y...

—¡Voy a ponerme mala! —gritó la señora Tevé, poniéndose verde.

—Por favor no haga eso —pidió el señor Wonka.

—¡Intente detenerme! —dijo la señora Tevé.

—Entonces será mejor que coja esto —dijo el señor Wonka, y se quitó la magnífica chistera que llevaba en la cabeza, y la puso boca abajo frente a la señora Tevé.

—¡Haga detener este horrible aparato! —ordenó el señor Tevé.

—No puedo hacer eso —dijo el señor Wonka—. No se detendrá hasta que no lleguemos allí. Lo único que espero es que nadie esté utilizando el otro ascensor en este momento.

—¿Qué otro ascensor? —chilló la señora Tevé.

—El que va en dirección opuesta en el mismo riel que éste —explicó el señor Wonka.

—¡Santo cielo! —gritó el señor Tevé—. ¿Quiere usted decir que podemos chocar?

—Hasta ahora siempre he tenido suerte —dijo el señor Wonka.

—¡Ahora sí que voy a ponerme mala! —gimió la señora Tevé.

—¡No, no! —dijo el señor Wonka—. ¡Ahora no! ¡Casi hemos llegado! ¡No estropee mi sombrero!

Un momento más tarde se oyó un chirrido de frenos y el ascensor empezó a aminorar la marcha. Luego se detuvo completamente.

—¡Vaya viajecito! —dijo el señor Tevé, secándose el sudor de la frente con un pañuelo.

—¡Nunca más! —jadeó la señora Tevé.

Y entonces se abrieron las puertas del ascensor y el señor Wonka dijo:

—¡Un momento! ¡Escuchadme todos! Quiero que todo el mundo tenga mucho cuidado en esta habitación. Hay aquí aparatos muy peligrosos y nadie debe tocarlos.

La Sala del Chocolate de Televisión

La familia Tevé, junto con Charlie y el abuelo Joe, salieron del ascensor a una habitación tan cegadoramente brillante y tan cegadoramente blanca que fruncieron sus ojos de dolor y dejaron de caminar. El señor Wonka les entregó un par de gafas negras a cada uno y dijo:

—¡Poneos esto, deprisa! ¡Y no os las quitéis aquí dentro! ¡Esta luz podría cegaros!

En cuanto Charlie se hubo puesto las gafas negras, pudo mirar cómodamente alrededor. Lo que vio fue una habitación larga y estrecha, toda pintada de blanco. Hasta el suelo era blanco, y no había una mota de polvo por ningún sitio. Del techo colgaban unas enormes lámparas que bañaban la habitación con una brillante luz blancoazulada. La habitación estaba completamente desnuda, excepto a ambos extremos. En uno de estos extremos había una enorme cámara sobre ruedas, y un verdadero ejército de Oompa-Loompas se apiñaba a su alrededor, engrasando sus mecanismos y ajustando sus botones y limpiando su gran lente de cristal. Los Oompa-Loompas estaban vestidos de una manera extraña. Llevaban trajes espaciales

de un color rojo brillante —al menos parecían trajes espaciales—, cascos y gafas, y trabajaban en el más completo silencio. Mirándolos, Charlie experimentó una extraña sensación de peligro. Había algo peligroso en todo este asunto, y los Oompa-Loompas lo sabían. Aquí no cantaban ni hablaban entre ellos, y se movían alrededor de la enorme cámara negra lenta y cautelosamente con sus rojos trajes espaciales.

En el otro extremo, a unos cincuenta pasos de la cámara, un único Oompa-Loompa —vistiendo también un traje espacial— estaba sentado ante una mesa negra mirando la pantalla de un enorme aparato de televisión.

—¡Aquí estamos! —gritó el señor Wonka, saltando de entusiasmo—. Ésta es la Sala de Pruebas de mi último y más grande invento: ¡el Chocolate de Televisión!

—Pero ¿qué es el Chocolate de Televisión? —preguntó Mike Tevé.

—¡Por favor, niño, deja de interrumpirme! —le cortó el señor Wonka—. Funciona por televisión. Personalmente, no me gusta la televisión. Supongo que no está mal en pequeñas dosis, pero los niños nunca parecen poder verla en pequeñas dosis. Se sientan delante de ella todo el día mirando y mirando la pantalla...

—¡Ése soy yo! —exclamó Mike Tevé.

—¡Cállate! —ordenó el señor Tevé.

—Gracias —dijo el señor Wonka—. Y ahora os diré cómo funciona este asombroso aparato de televisión. Pero, en primer lugar, ¿sabéis como funciona la televisión ordinaria? Es muy simple. En uno de los extremos, donde se está filmando la imagen, se sitúa una gran cámara de cine y se empieza a fotografiar algo. Las fotografías son entonces divididas en millones de diminutas piezas, tan pequeñas que no pueden verse, y la electricidad envía estas diminutas piezas al cielo. En el cielo empiezan a volar sin orden ni concierto, hasta que de pronto se encuentran con la antena que hay en el techo de alguna casa. Entonces descienden por el cable que comunica directamente con el aparato de televisión, y allí son ordenadas y organizadas, hasta que al fin cada una de esas diminutas piececitas encuentra su sitio apropiado (igual que un rompecabezas), y ¡presto! la fotografía aparece en la pantalla...

–No es así como funciona exactamente –interrumpió Mike Tevé.

–Soy un poco sordo de la oreja izquierda –dijo el señor Wonka–. Tendrás que perdonarme si no oigo todo lo que dices.

–¡He dicho que no es así como funciona exactamente! –gritó Mike Tevé.

–Eres un buen chico –dijo el señor Wonka–, pero hablas demasiado. ¡Y bien! La primera vez que vi cómo funcionaba la televisión ordinaria tuve una fantástica idea. «¡Oídme bien!», grité, «si esta gente puede desintegrar una fotografía en millones de trocitos y enviar estos trocitos a través del espacio y luego volver a ordenarlos en el otro extremo, ¿por qué no puedo yo hacer lo mismo con una chocolatina? ¿Por qué no puedo enviar una chocolatina a través del espacio en diminutos trocitos y luego ordenar los trocitos en el otro extremo listos para comer?».

—¡Imposible! —gritó Mike Tevé.

—¿Te parece? —respondió el señor Wonka—. ¡Pues bien, mira esto! ¡Enviaré ahora una barra de mi mejor chocolate de un extremo a otro de la habitación por televisión! ¡Preparaos! ¡Traed el chocolate!

Inmediatamente, seis Oompa-Loompas aparecieron llevando sobre los hombros la barra de chocolate más enorme que Charlie había visto nunca. Era casi tan grande como el colchón sobre el que él dormía en casa.

—Tiene que ser grande —explicó el señor Wonka—, porque cuando se envía algo por televisión siempre sale mucho más pequeño de lo que era cuando entró. Aun con la televisión ordinaria, cuando se fotografía a un hombre

de tamaño normal, nunca sale en la pantalla más alto que un lápiz, ¿verdad? ¡Allá vamos entonces! ¡Preparaos! ¡No, no! ¡Alto! ¡Detened todo! ¡Tú! ¡Mike Tevé! ¡Atrás! ¡Estás demasiado cerca de la cámara! ¡De ese aparato salen unos rayos muy peligrosos! ¡Podrían dividirte en millones de trocitos en un segundo! ¡Por eso los Oompa-Loompas llevan trajes espaciales! ¡Los trajes les protegen! ¡Muy bien! ¡Así está mejor! ¡Adelante! ¡Encended!

Uno de los Oompa-Loompas agarró un gran conmutador y lo pulsó hacia abajo.

Hubo un relámpago cegador.

—¡El chocolate ha desaparecido! —gritó el abuelo Joe, agitando los brazos.

¡Y tenía razón! ¡La enorme barra de chocolate había desaparecido completamente!

—¡Ya está en camino! —gritó el señor Wonka—. Ahora está volando por el espacio encima de nuestras cabezas en un millón de diminutos trocitos. ¡Deprisa! ¡Venid aquí! —corrió hacia el otro extremo de la habitación donde estaba el gran aparato de televisión, y los demás le siguieron—. ¡Observad la pantalla! —gritó—. ¡Aquí viene! ¡Mirad!

La pantalla parpadeó y se encendió. Entonces, de pronto, una pequeña barra de chocolate apareció en el centro del monitor.

—¡Cogedla! —gritó el señor Wonka, cada vez más alterado.

—¿Cómo vamos a cogerla? —preguntó riendo Mike Tevé—. ¡Es sólo una imagen en una pantalla de televisión!

—¡Charlie Bucket! —gritó el señor Wonka—. ¡Cógela tú! ¡Alarga la mano y cógela!

Charlie alargó la mano y tocó la pantalla, y de pronto, milagrosamente, la barra de chocolate apareció entre sus dedos. Su sorpresa fue tan grande que casi la dejó caer.

—¡Cómetela! —ordenó el señor Wonka—. ¡Vamos, cómetela! ¡Será deliciosa! ¡Es la misma chocolatina! ¡Se ha vuelto más pequeña durante el viaje, eso es todo!

—¡Es absolutamente fantástico! —exclamó el abuelo Joe—. ¡Es... es... es un milagro!

—¡Imaginaos! —gritó el señor Wonka—. Cuando empiece a utilizar esto a lo largo del país... Estaréis en vuestra casa mirando la televisión y de pronto aparecerá un anuncio en la pantalla y una voz dirá: «¡COMED LAS CHOCOLATINAS DE WONKA! ¡SON LAS MEJORES DEL MUNDO! ¡SI NO LO CREÉIS, PROBAD UNA AHORA MISMO...!». ¡Y lo único que tendréis que hacer es alargar la mano y cogerla! ¿Qué os parece, eh?

—¡Magnífico! —gritó el abuelo Joe—. ¡Cambiará el mundo!

Mike Tevé es enviado por televisión

Mike Tevé estaba aún más exaltado que el abuelo Joe al ver cómo una chocolatina era enviada por televisión.

—Pero, señor Wonka —gritó—, ¿puede usted enviar otras cosas por el aire del mismo modo? ¿Cereal para el desayuno, por ejemplo?

—¡Por favor! —se enfadó el señor Wonka—. ¡No menciones esa horrible comida! ¿Sabes de qué está hecho el cereal para el desayuno? ¡De esas pequeñitas virutas de madera que se encuentran dentro de los sacapuntas!

—¿Pero podría enviarlo por televisión si quisiera como el chocolate? —preguntó Mike Tevé.

—¡Claro que podría!

—¿Y la gente? —insistió Mike Tevé—. ¿Podría enviar a una persona de un lugar a otro de la misma manera?

—¡Una persona! —gritó el señor Wonka—. ¿Has perdido la cabeza?

—Pero ¿podría hacerse?

—Santo cielo, niño, la verdad es que no lo sé... Supongo que sí... Sí, estoy casi seguro de que se podría... Claro

que se podría... Aunque no quisiera correr el riesgo... Podría tener resultados muy desagradables...

Pero Mike Tevé ya había salido corriendo. En cuanto oyó al señor Wonka decir «Estoy casi seguro de que se podría... Claro que se podría», se volvió y echó a correr a toda prisa hacia el otro extremo de la habitación donde se encontraba la enorme cámara.

—¡Miradme! —gritaba mientras corría—. ¡Seré la primera persona en el mundo enviada por televisión!

—¡No, no, no, no! —chilló el señor Wonka.

—¡Mike! —lo llamó la señora Tevé—. ¡Detente! ¡Vuelve aquí! ¡Te convertirás en un millón de diminutos trocitos!

Pero ahora ya no había quien detuviera a Mike Tevé. El enloquecido muchacho siguió corriendo, y cuando llegó junto a la enorme cámara se arrojó sobre el conmutador, dispersando Oompa-Loompas a derecha e izquierda.

—¡Hasta luego, cocodrilo! —gritó, y bajó el conmutador, y en el momento de hacerlo, saltó en medio del brillo de la poderosa lente.

Hubo un relámpago cegador.

Luego se hizo el silencio.

Entonces la señora Tevé corrió hacia él... Pero se paró en seco en medio de la habitación... Y allí se quedó... Mirando el sitio donde había estado su hijo... Y su gran boca roja se abrió y de ella salió un grito:

—¡Ha desaparecido! ¡Ha desaparecido!

—¡Santo cielo, es verdad! —gritó el señor Tevé.

El señor Wonka se acercó corriendo y puso suavemente una mano en el hombro de la señora Tevé.

—Esperemos que todo vaya bien —la tranquilizó—. Debemos rezar para que su hijo aparezca sano y salvo en el otro extremo.

—¡Mike! —gritó la señora Tevé, llevándose las manos a la cabeza—. ¿Dónde estás?

—Te diré dónde está —contestó el señor Tevé—. Está volando por encima de nuestras cabezas en un millón de diminutos trocitos.

—¡No digas eso! —gimió la señora Tevé.

—Debemos observar la pantalla del televisor —propuso el señor Wonka—. Puede aparecer en cualquier momento.

El señor y la señora Tevé, el abuelo Joe, el pequeño Charlie y el señor Wonka se reunieron en torno al aparato de televisión y miraron nerviosamente la pantalla. Allí no se veía nada.

 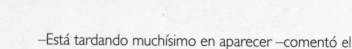

—Está tardando muchísimo en aparecer —comentó el señor Tevé, enjugándose la frente.

—Dios mío —dijo el señor Wonka—. Espero que ninguna de sus partes quede atrás.

—¿Qué quiere usted decir? —preguntó vivamente el señor Tevé.

—No quisiera alarmarles, pero a veces ocurre que sólo la mitad de los trocitos vuelve a aparecer en la pantalla del televisor. Eso sucedió la semana pasada. No sé por qué, pero el resultado fue que sólo apareció la mitad de la chocolatina.

La señora Tevé lanzó un chillido de horror:

—¿Quiere usted decir que sólo la mitad de Mike volverá a nosotros?

—Esperemos que sea la mitad superior —dijo el señor Tevé.

—¡Un momento! —cortó el señor Wonka—. ¡Miren la pantalla! ¡Algo está sucediendo!

La pantalla de repente había empezado a parpadear.

Luego aparecieron unas líneas onduladas.

El señor Wonka ajustó uno de los botones y las líneas desaparecieron.

Y ahora, muy lentamente, la pantalla empezó a ponerse cada vez más brillante.

—¡Aquí viene! —exclamó el señor Wonka—. ¡Sí, es él!

—¿Está entero? —gritó la señora Tevé.

—No estoy seguro —dijo el señor Wonka—. Aún es pronto para saberlo.

Borrosamente al principio, pero haciéndose cada vez más clara a medida que pasaban los segundos, la imagen de Mike Tevé apareció en la pantalla. Estaba de pie, saludando a la audiencia y sonriendo de oreja a oreja.

—¡Pero si es un enano! —se sorprendió el señor Tevé.

—¡Mike! —gritó la señora Tevé—. ¿Estás bien? ¿Te falta algún trocito?

—¿Es que no se va a poner más grande? —el señor Tevé estaba muy nervioso.

—¡Háblame, Mike! —gritó la señora Tevé—. ¡Di algo! ¡Dime que estás bien!

Una pequeña vocecita, no más alta que el chillido de un ratón, salió del aparato:

—¡Hola, mamá! ¡Hola, papá! ¡Miradme! ¡Soy la primera persona en el mundo que ha sido enviada por televisión!

—¡Agárrenlo! —ordenó el señor Wonka—. ¡Deprisa!

La señora Tevé alargó la mano y cogió la diminuta imagen de Mike Tevé de la pantalla.

—¡Hurra! —gritó el señor Wonka—. ¡Está entero! ¡Está completamente intacto!

—¿Llama a eso intacto? —se enfadó la señora Tevé, escudriñando la miniatura de niño que corría ahora de un extremo a otro sobre la palma de su mano, agitando sus pistolas en el aire.

Mike Tevé no medía más de dos centímetros de altura.

—¡Ha encogido! —dijo el señor Tevé.

—¡Claro que ha encogido! —dijo el señor Wonka—. ¿Qué esperaban?

—¡Esto es terrible! —gimió la señora Tevé—. ¿Qué vamos a hacer?

Y el señor Tevé añadió:

—¡No podremos enviarlo así a la escuela! ¡Le pisarán!
¡Le aplastarán!

—¡No podrá hacer nada! —gritó la señora Tevé.

—¡Sí que podré! —chilló la vocecita de Mike Tevé—. ¡Podré ver la televisión!

—¡Nunca más! —rugió el señor Tevé—. ¡Tiraré el aparato de televisión por la ventana en cuanto lleguemos a casa!
¡Ya estoy harto de la televisión!

Al oír esto, Mike Tevé cogió una tremenda rabieta.
Empezó a saltar como loco sobre la palma de la mano de
su madre, chillando y gritando e intentando morderle los
dedos.

—¡Quiero ver la televisión! —chillaba—. ¡Quiero ver la
televisión! ¡Quiero ver la televisión! ¡Quiero ver la televisión!

—¡Ven! ¡Dámelo a mí! —ordenó el señor Tevé, y agarró al diminuto niño, se lo metió en el bolsillo interior de
su chaqueta y lo cubrió con su pañuelo. Gritos y chillidos
se oyeron desde el interior del bolsillo, que se sacudía con
los esfuerzos del pequeño prisionero para salir.

—Oh, señor Wonka —sollozó la señora Tevé—. ¿Cómo
podremos hacerle crecer?

—Bueno —empezó a explicar el señor Wonka, acariciándose la barba y mirando pensativamente al techo—. Debo decir que eso será un tanto difícil. Pero los niños pequeños son muy elásticos y flexibles. Se estiran muchísimo. De modo que lo que haremos será ponerlo en una máquina especial que tengo para probar la elasticidad del chicle. ¡Quizá eso le devuelva a su tamaño normal!

—¡Oh, gracias! —dijo la señora Tevé.

—No hay de qué, mi querida señora.

—¿Cuánto cree que se estirará? —preguntó el señor Tevé.

—Kilómetros, quizá —respondió el señor Wonka—. ¿Quién sabe? Pero se quedará terriblemente delgado. Todo se hace más delgado cuando se estira.

—¿Como el chicle, por ejemplo? —preguntó el señor Tevé.

—Exactamente.

—¿Cómo de delgado se quedará? —preguntó ansiosa la señora Tevé.

—No tengo la más mínima idea. Y de todas maneras no importa, porque pronto le engordaremos otra vez. Lo único que tendremos que hacer es darle una dosis triple de mi maravilloso Caramelo de Supervitaminas. El Caramelo de Supervitaminas contiene enormes cantidades de vitamina A y vitamina B. También contiene vitamina C, vitamina D, vitamina E, vitamina F, vitamina G, vitamina I, vitamina J, vitamina K, vitamina L, vitamina M, vitamina N, vitamina O, vitamina P, vitamina Q, vitamina W, vitamina X, vitamina Y, y, créanlo o no, vitamina Z. Las únicas dos vitaminas que no contiene son la

vitamina S, porque le pone a uno enfermo, y la vitamina H, porque hace que le crezcan a uno cuernos en la cabeza como a un toro. Pero sí tiene una dosis muy pequeña de la vitamina más rara y más mágica de todas: la vitamina Wonka.

—¿Y ésa qué le hará? —preguntó con mucho interés el señor Tevé.

—Hará que le crezcan los dedos de los pies hasta que sean tan largos como los de las manos...

—¡Oh, no! —gritó la señora Tevé.

—No sea tonta —dijo el señor Wonka—. Es algo muy útil. Podrá tocar el piano con los pies.

—Pero, señor Wonka...

—¡No quiero discusiones, por favor! —se volvió y chasqueó tres veces los dedos en el aire. Inmediatamente un Oompa-Loompa apareció junto a él—. Sigue estas órdenes —dijo el señor Wonka, dándole al Oompa-Loompa un pedazo de papel en el que había escrito las instrucciones precisas—... y encontrarás al niño en el bolsillo de su padre. ¡Ya pueden irse! ¡Adiós, señora Tevé! ¡Adiós, señor Tevé! ¡Y, por favor, no se preocupen! Todos aparecen en la colada, ¿saben?, todos y cada uno...

En un extremo de la habitación, los Oompa-Loompas estaban junto a la cámara gigante tocando ya sus diminutos tambores y empezando a saltar arriba y abajo siguiendo el ritmo.

—¡Ya están otra vez! —dijo el señor Wonka—. Me temo que no se puede impedir que canten.

El pequeño Charlie agarró la mano del abuelo Joe, y los dos se quedaron de pie, junto al señor Wonka, en medio

de la larga y brillante habitación, escuchando a los Oompa-Loompas. Y esto es lo que cantaron:

Hemos aprendido algo primordial,
algo que a los niños les hace mucho mal,
y eso es que en el mundo no hay nada peor
que sentarles frente a un televisor.
De hecho, sería muy recomendable
suprimir del todo ese trasto abominable.
En todas las casas que hemos visitado
así a los pequeños hemos encontrado:
absortos, dormidos, casi idiotizados,
mirando la tele como hipnotizados,
con los ojos fijos en esa pantalla
hasta que sus órbitas parece que estallan.
(Ayer vimos algo que aterra y asombra:
seis pares de ojos rodar por la alfombra).
Sentados mirando, mirando sentados,
parecen de veras estar hechizados.
Borrachos de imágenes, ahítos de ruido,
ciegos y atontados y reblandecidos.
Oh, sí, ya sabemos que les entretiene
y que por lo menos quietos les mantiene.
No gritan, no lloran, no brincan, no juegan,
no saltan ni corren, tampoco se pegan.
A usted eso le da mucha tranquilidad,
es libre de hacer muchas cosas, ¿verdad?
Mas yo le pregunto: ¿ha pensado un momento
para qué le sirve a su hijo este invento?

¡LE PUDRE TODAS LAS IDEAS!
¡MATA SU IMAGINACIÓN!
¡HACE QUE EN NADA, NADA CREA!
¡DESTRUYE TODA SU ILUSIÓN!
SE POBRE MENTE SE TRANSFORMA
EN UN INÚTIL REFLECTOR
CON VER FIGURAS SE CONFORMA,
¡NO SUEÑA, NI EVOCA, NI PIENSA, SEÑOR!
«¡Muy bien!», dirá usted, «¡Muy bien!», gritará,
«mas si nos llevamos el televisor,
¿qué haremos en cambio, qué se les dará
para mantenerlos en orden, señor?».
A esa pregunta yo responderé
con otra, que es ésta: los niños, ¿qué hacían
para divertirse, cómo entretenían
sus horas de ocio, qué los mantenía
tranquilos, contentos, quietos y callados,
felices, absortos y atentos
antes de que este diabólico invento
se hubiese inventado?
¿No lo recuerda? Se lo diremos
en voz muy alta, lo gritaremos
para que acierte a comprender:
¡SOLÍAN... LEER, LEER, LEER!
LEÍAN y LEÍAN y procedían
a leer aún más. Y todo el día
lo dedicaban a leer libros, y por doquier,
en bibliotecas y estanterías,
sobre las mesas, en librerías,

¡bajo las camas siempre había
miles de libros para leer!
Historias fantásticas y maravillosas
de fieros dragones y reinas hermosas,
de osados piratas, de astutos ladrones,
de elefantes blancos, tigres y leones.
De islas misteriosas, de orillas lejanas,
de tristes princesas junto a una ventana,
de valientes príncipes, apuestos, galantes,
de exóticas playas, países distantes,
historias de miedo, hermosas y raras,
los más pequeñitos leían los cuentos,
¡historias que hacían que el tiempo volara!
De Grimm y de Andersen, de Louis Perrault.
Sabían quién era la Bella Durmiente,
y la Cenicienta, y el Lobo Feroz.
Las Mil y Una Noches de magia nutrían
con mil y una historias sus ensoñaciones.
La gran Sherezade de la mano traía
a Alí Babá y los Cuarenta Ladrones,
a Aladino y su lámpara maravillosa,
al genio que otorga deseos e ilusiones
y mil aventuras a cuál más hermosa.
¡Qué libros más bellos leían
los niños que antaño vivían!
Por eso rogamos, por eso pedimos
que tiren muy lejos el televisor,
y en su sitio instalen estantes de libros
que llenen sus horas de gozo y fervor.

Ignoren sus gritos, ignoren sus lloros,
no importan protestas, ni quejas, ni llanto.
Dirán que es usted un malvado y un ogro
con caras de furia, de odio, de espanto.
Mas no tenga miedo, pues le prometemos
que al cabo de pocos, de muy pocos días
al verse aburridos, diciendo: «¿Qué hacemos
para entretener estas horas vacías?»,
irán poco a poco acercándose al sitio
donde usted ha instalado esa librería,
y cogerán un libro de cualquier estante,
lo abrirán con cautela, recelosos primero,
pero ya superados los primeros instantes
no podrán apartarse y lo leerán entero.
Y entonces, ¡qué gozo, qué dulce alegría
llenará sus ojos y su corazón!
Se preguntarán cómo pudieron un día
dejarse embrujar por la televisión.
Y al correr los años, cuando sean mayores,
recordarán por siempre con agradecimiento
aquel día feliz, aquel fausto momento
en que usted cambió libros por televisores.
P. D. En cuanto a Mike Tevé,
sentimos tener que decir
que con un poco de fe
quizá logremos impedir
que quede así. A ver si crece,
aunque si no, ¡se lo merece!

Sólo queda Charlie

—¿Qué sala veremos a continuación? —se preguntó el señor Wonka, volviéndose y corriendo hacia el ascensor—. ¡Vamos! ¡Deprisa! ¡Debemos seguir! ¿Y cuantos niños quedan ahora?

Charlie miró al abuelo Joe, y éste lo miró a él.

—Pero, señor Wonka —respondió el abuelo Joe—. Ahora... Ahora sólo queda Charlie.

El señor Wonka se volvió y miró fijamente a Charlie.

Hubo un silencio. Charlie se quedó donde estaba, sujetando firmemente la mano del abuelo Joe.

—¿Quiere usted decir que sólo queda uno? —dijo el señor Wonka, fingiéndose sorprendido.

—Pues sí —contestó Charlie—. Sí.

De golpe, el señor Wonka estalló de entusiasmo.

—¡Pero, mi querido muchacho —gritó—, eso significa que has ganado tú! —salió corriendo del ascensor y empezó a estrechar la mano de Charlie tan enérgicamente que casi se la arranca—. ¡Oh, te felicito! ¡Te felicito de todo corazón! ¡Estoy absolutamente encantado! ¡Esto no podría ser mejor! ¡Esto es magnífico! ¡Ahora empieza realmente la diversión! ¡Pero

no debemos demorarnos! ¡No debemos demorarnos! ¡Ahora hay aún menos tiempo que perder que antes! ¡Tenemos un gran número de cosas que hacer antes de que acabe el día! ¡Piensa en las disposiciones que debemos tomar! ¡Y en la gente que debemos ir a buscar! ¡Pero afortunadamente para nosotros tenemos el gran ascensor de cristal para apresurar las cosas! ¡Sube, mi querido Charlie, sube! ¡Usted también, abuelo Joe, señor! ¡No, no, después de usted! ¡Eso es! ¡Muy bien! ¡Esta vez yo escogeré el botón que debemos apretar! –los brillantes ojos azules del señor Wonka se detuvieron por un momento en la cara del pequeño Charlie.

«Alguna locura va a ocurrir ahora», pensó Charlie. Pero no sintió miedo. Ni siquiera estaba nervioso. Sólo tremendamente emocionado. Y lo mismo le ocurría al abuelo Joe. La cara del anciano brillaba de entusiasmo a medida que observaba cada uno de los movimientos del señor Wonka, que estaba intentando alcanzar un botón que había en el techo de cristal del ascensor. Charlie y el abuelo Joe estiraron la cabeza para ver lo que decía en el pequeño cartelito junto al botón.

Decía... ARRIBA Y FUERA.

«Arriba y fuera», pensó Charlie. «¿Qué clase de habitación es ésa?».

El señor Wonka apretó el botón.

Las puertas de cristal se cerraron.

—¡Sosténganse! —gritó el señor Wonka.

Entonces… el ascensor salió despedido hacia arriba como un cohete.

—¡Yiiipiii! —gritó el abuelo Joe.

Charlie estaba aferrado a las piernas del abuelo Joe, y el señor Wonka se había cogido a una de las agarraderas que colgaban del techo; siguieron subiendo, arriba, arriba, arriba, en una sola dirección esta vez, sin curvas ni recodos, y Charlie podía oír fuera el silbido del viento a medida que el ascensor aumentaba su velocidad.

—¡Yiipii! —gritó otra vez el abuelo Joe—. ¡Yiipii! ¡Allá vamos!

—¡Más deprisa! —gritó el señor Wonka, golpeando con la mano la pared del ascensor—. ¡Más deprisa! ¡Más deprisa! ¡Si no vamos más deprisa que esto, jamás lo atravesaremos!

–¿Atravesar qué? –preguntó el abuelo Joe–. ¿Qué es lo que tenemos que atravesar?

–¡Ajá! –gritó el señor Wonka–. ¡Espere y verá! ¡Llevo años deseando apretar este botón! ¡Pero nunca lo he hecho hasta ahora! ¡Muchas veces he estado tentado! ¡Sí, ya lo creo que sí! ¡Pero no podía soportar la idea de hacer un agujero en el techo de la fábrica! ¡Allá vamos, muchachos! ¡Arriba y fuera!

–Pero no querrá decir... –gritó el abuelo Joe–, no querrá usted decir que este ascensor...

–¡Ya lo creo que sí! –contestó el señor Wonka–. ¡Espere y verá! ¡Arriba y fuera!

–Pero... pero... pero... ¡Está hecho de cristal! –gritó el abuelo Joe–. ¡Se romperá en mil pedazos!

–Supongo que podría suceder –dijo el señor Wonka, tan alegre como siempre–, pero de todas maneras, el cristal es bastante grueso.

El ascensor siguió adelante, hacia arriba, siempre hacia arriba, cada vez más deprisa...

Y de pronto... *¡crash!,* se oyó un tremendo ruido de madera astillada y de tejas rotas directamente encima de sus cabezas, y el abuelo Joe gritó:

–¡Socorro! ¡Es el fin! ¡Nos mataremos!

Y el señor Wonka dijo:

–¡Nada de eso! ¡Hemos pasado! ¡Ya estamos fuera!

Y era verdad. El ascensor había salido despedido por el techo de la fábrica y se elevaba ahora por el cielo como un cohete, y el sol entraba a raudales a través del techo de cristal. Al cabo de cinco segundos había subido unos veinticinco metros.

—¡El ascensor se ha vuelto loco! —gritó el abuelo Joe.

—No tenga miedo, mi querido señor —dijo tranquilamente el señor Wonka, y apretó otro botón. El ascensor se detuvo. Se detuvo y se quedó en el aire, sobrevolando como un helicóptero la fábrica y la ciudad misma, que yacía extendida a sus pies como una tarjeta postal. Mirando hacia abajo a través del suelo de cristal que estaba pisando, Charlie podía ver las pequeñas casitas lejanas y las calles y la nieve que lo cubría todo. Era una sensación extraña y sobrecogedora la de estar de pie sobre un cristal transparente a tamaña altura. Uno se sentía como si flotase en el vacío.

—¿Estamos bien? —gritó el abuelo Joe—. ¿Cómo se mantiene esto en el aire?

—¡Energía de caramelo! —dijo el señor Wonka—. ¡Un millón de caballos de energía de caramelo! ¡Miren! —señaló hacia abajo—. ¡Allá van los otros niños! ¡Se vuelven a sus casas!

Los otros niños
se van a sus casas

—**D**ebemos bajar a ver a nuestros amigos antes de nada —dijo el señor Wonka. Apretó un botón diferente y el ascensor empezó a descender; al cabo de un momento estaba sobrevolando las puertas de la fábrica.

Mirando hacia abajo, Charlie podía ver ahora a los niños y a sus padres, de pie en un pequeño grupo junto a los portones.

—Sólo puedo ver a tres —dijo—. ¿Quién falta?

—Supongo que Mike Tevé —comentó el señor Wonka—. Pero vendrá pronto. ¿Ven los camiones? —y señaló una fila de gigantescos camiones cubiertos aparcados a poca distancia de allí.

—Sí —dijo Charlie—. ¿Para qué son?

—¿No recuerdas lo que decía en los Billetes Dorados? Todos los niños se vuelven a sus casas con una provisión de golosinas para el resto de sus vidas. Hay un camión para cada uno cargado hasta el tope. ¡Ajá, allá va vuestro amigo Augustus Gloop! ¿Lo veis? ¡Esta subiéndose al primer camión con sus padres!

—¿Quiere usted decir que de verdad está bien? —preguntó Charlie asombrado—. ¿Aun después de haber pasado por ese horrible tubo?

—Claro que está bien —respondió el señor Wonka.

—¡Ha cambiado! —el abuelo Joe miraba a través de la pared de cristal del ascensor—. ¡Era muy gordo! ¡Ahora está delgado como un hilo!

—Claro que ha cambiado. Ha encogido dentro del tubo. ¿No lo recuerdan? ¡Miren! ¡Allá va Violet Beauregarde, la fanática del chicle! Parece que después de todo se las han arreglado para exprimirla. Me alegro mucho. ¡Y qué aspecto más saludable tiene! ¡Mucho mejor que antes!

—¡Pero tiene la cara de color púrpura! —gritó el abuelo Joe.

—Es verdad —dijo el señor Wonka—. Pero eso no tiene remedio.

–¡Dios mío! –gritó Charlie–. ¡Miren a la pobre Veruca Salt y al señor y la señora Salt! ¡Están cubiertos de basura!

–¡Y aquí viene Mike Tevé! –el abuelo Joe no salía de su asombro–. ¡Santo cielo! ¿Qué le han hecho? ¡Mide tres metros de altura y está tan delgado como un fideo!

–Lo han estirado demasiado en la máquina de estirar chicle –dijo el señor Wonka–. Qué descuidados.

–Pero ¡eso es horrible para él! –gritó Charlie.

–Tonterías –dijo el señor Wonka–. Tiene mucha suerte. Todos los equipos de baloncesto del país intentarán contratarle. Pero ahora –añadió– ha llegado el momento de dejar a esos cuatro niños tontos. Tengo algo muy importante que decirte, mi querido Charlie –el señor Wonka apretó otro botón y el ascensor se elevó hacia el cielo.

La fábrica de chocolate de Charlie

El gran ascensor de cristal sobrevolaba ahora la ciudad. Dentro de él se encontraban el señor Wonka, el abuelo Joe y el pequeño Charlie.

—Cómo me gusta mi fábrica de chocolate —comentó el señor Wonka, mirando hacia abajo. Luego hizo una pausa, se volvió y miró a Charlie con una expresión muy sería—. ¿A ti también te gusta, Charlie?

—¡Oh, sí! ¡Es el sitio más maravilloso del mundo!

—Me alegra oírte decir esto —el señor Wonka estaba más serio que nunca. Siguió mirando a Charlie fijamente—. Sí, me alegra mucho oírte decir eso. Y ahora te diré por qué —inclinó hacia un lado la cabeza, y de pronto las pequeñísimas arrugas de una sonrisa aparecieron alrededor de sus ojos, y continuó—: verás, mi querido muchacho, he decidido regalarte la fábrica entera. En cuanto tengas edad suficiente para dirigirla, la fábrica será toda tuya.

Charlie se quedó mirando al señor Wonka. El abuelo Joe abrió la boca para hablar, pero no logró articular palabra.

—Es verdad —dijo el señor Wonka, sonriendo abiertamente—. Quiero regalarte esta fábrica. Estás de acuerdo, ¿verdad?

—¿Regalársela? —logró decir por fin el abuelo Joe—. Debe de estar bromeando.

—No estoy bromeando, señor. Hablo muy en serio.

—Pero... Pero ¿por qué iba usted a darle la fábrica al pequeño Charlie?

—Escuche —interrumpió el señor Wonka—. Yo ya soy muy viejo. Soy mucho más viejo de lo que se figuran. No puedo vivir eternamente. No tengo hijos, no tengo familia alguna. De modo que ¿quién va a dirigir esta fábrica cuando yo ya sea demasiado viejo para hacerlo? Alguien tiene que llevarla adelante, aunque sólo sea por los Oompa-Loompas. Claro que hay miles de hombres muy hábiles que darían cualquier cosa por la oportunidad de encargarse de todo esto, pero yo no quiero esa clase de persona. No quiero para nada una persona mayor. Una persona mayor no me haría caso; no querría aprender. Intentaría hacer las cosas a su manera y no a la mía. De modo que necesito un niño. Quiero un niño sensible y cariñoso, a quien yo pueda confiar mis más preciados secretos de la fabricación de golosinas, mientras aún esté vivo.

—¡De modo que por eso envió usted los Billetes Dorados! —gritó Charlie.

—¡Exactamente! ¡Decidí invitar a cinco niños a la fábrica, y aquel que me gustase más al terminar el día sería el ganador!

—Pero, señor Wonka —tartamudeó el abuelo Joe—, ¿quiere usted decir realmente que regalará esta fábrica entera al pequeño Charlie? Después de todo...

—¡No hay tiempo para discusiones! —gritó el señor Wonka—. Debemos ir a buscar al resto de la familia ahora mismo, el padre y la madre de Charlie y todos los que vivan en su casa. ¡De ahora en adelante todos pueden vivir en la fábrica! ¡Pueden ayudar a dirigirla hasta que Charlie tenga edad suficiente para hacerlo solo! ¿Dónde vives, Charlie?

Charlie miró a través del ascensor de cristal las casas cubiertas de nieve que se extendían a sus pies.

—Está allí. Es aquella casita a las afueras de la ciudad, aquella casa pequeñita...

—¡Ya la veo! —gritó el señor Wonka, y apretó algunos botones, y el ascensor salió disparado en dirección a la casa de Charlie.

—Me temo que mi madre no podrá venir con nosotros —dijo Charlie tristemente.

—¿Por qué no?

—Porque no querrá dejar a la abuela Josephine y a la abuela Georgina y al abuelo George.

—Pero ellos también deben venir.

—No pueden —dijo Charlie—. Son muy viejos y no han salido de la cama en veinte años.

—Entonces nos llevaremos también la cama con ellos dentro —dijo el señor Wonka—. Hay sitio suficiente en este ascensor para una cama.

—No podrá sacar la cama de la casa —dijo el abuelo Joe—. No pasará por la puerta.

—¡No debéis desesperar! —les animó el señor Wonka—. ¡Nada es imposible! ¡Ya veréis!

El ascensor sobrevolaba ahora la pequeña casita de los Bucket.

—¿Qué va usted a hacer? —gritó Charlie.

—Voy a entrar a buscarles —respondió el señor Wonka.

—¿Cómo? —preguntó el abuelo Joe.

—Por el tejado —dijo el señor Wonka, apretando otro botón.

—¡No! —gritó Charlie.

—¡Deténgase! —gritó el abuelo Joe.

¡Crash! hizo el ascensor, entrando por el tejado de la casa en el dormitorio de los ancianos. Una lluvia de polvo y de tejas rotas y de trozos de madera y de cucarachas y arañas y ladrillos y cemento cayó sobre los tres ancianos que yacían en la cama, y todos ellos pensaron que había llegado el fin del mundo. La abuela Georgina se desmayó, a la abuela Josephine se le cayó la dentadura postiza, el abuelo George metió la cabeza debajo de la manta, y el señor y la señora Bucket entraron corriendo desde la otra habitación.

—¡Salvadnos! —gritó la abuela Josephine.

—Cálmate, mi querida esposa —dijo el abuelo Joe, bajando del ascensor—. Somos nosotros.

—¡Mamá! —gritó Charlie, arrojándose a los brazos de la señora Bucket—. ¡Mamá! ¡Mamá! ¡Escucha lo que ha ocurrido! Todos vamos a vivir en la fábrica del señor Wonka y vamos a ayudarle a dirigirla y me la ha regalado a mí toda entera y... y... y...

—¿De qué estás hablando? —la señora Bucket no salía de su asombro.

—¡Mirad nuestra casa! —gritó el pobre señor Bucket—. ¡Está en ruinas!

—Mi querido señor —el señor Wonka se adelantó de un salto y estrechó calurosamente la mano del señor Buc-

ket–. Me alegro tanto de conocerle. No debe preocuparse por su casa. De todos modos, de ahora en adelante ya no la necesitará usted.

–¿Quién es este loco? –gritó la abuela Josephine–. Podría habernos matado a todos.

–Éste –dijo el abuelo Joe– es el señor Willy Wonka en persona.

Al abuelo Joe y a Charlie les llevó bastante tiempo explicarles a todos exactamente lo que había sucedido a lo largo del día. Y aun entonces todos se negaron a volver a la fábrica en el ascensor.

—¡Prefiero morir en mi cama! —gritó la abuela Josephine.

—¡Yo también! —añadió la abuela Georgina.

—¡Me niego a ir! —anunció el abuelo George.

De modo que el señor Wonka, el abuelo Joe y Charlie, sin hacer caso de sus gritos, simplemente empujaron la cama dentro del ascensor. Tras ella empujaron al señor y la señora Bucket. Luego montaron ellos mismos. El señor Wonka apretó un botón. Las puertas se cerraron. La abuela Georgina gritó. Y el ascensor se elevó del suelo y salió por el agujero del tejado en dirección al cielo.

Charlie se subió a la cama e intentó calmar a los tres ancianos, que aún seguían petrificados de miedo:

—Por favor, no estéis asustados. Es muy seguro. ¡Y vamos al sitio más maravilloso del mundo!

—Charlie tiene razón —dijo el abuelo Joe.

—¿Habrá algo para comer cuando lleguemos allí? —preguntó la abuela Josephine—. ¡Me muero de hambre! ¡La familia entera se muere de hambre!

—¿Algo para comer? —gritó Charlie, riendo—. ¡Oh, espera y verás!

ROALD DAHL nació en 1916 en un pueblecito de Gales (Gran Bretaña) llamado Llandaff en el seno de una familia acomodada de origen noruego. A los cuatro años pierde a su padre y a los siete entra por primera vez en contacto con el rígido sistema educativo británico que deja reflejado en algunos de sus libros, por ejemplo, en *Matilda* y en *Boy*.

Terminado el Bachillerato y en contra de las recomendaciones de su madre para que cursara estudios universitarios, empieza a trabajar en la compañía multinacional petrolífera Shell, en África. En este continente le sorprende la Segunda Guerra Mundial. Después de un entrenamiento de ocho meses, se convierte en piloto de aviación en la Royal Air Force; fue derribado en combate y tuvo que pasar seis meses hospitalizado. Después fue destinado a Londres y en Washington empezó a escribir sus aventuras de guerra.

Su entrada en el mundo de la literatura infantil estuvo motivada por los cuentos que narraba a sus cuatro hijos. En 1964 publica su primera obra, *Charlie y la fábrica de chocolate*. Escribió también guiones para películas; concibió a famosos personajes como los Gremlins, y algunas de sus obras han sido llevadas al cine.

Roald Dahl murió en Oxford, a los 74 años de edad.

Este libro se terminó de imprimir
en los talleres gráficos de
D'Vinni S.A.,
el mes de julio de 2011.